우 리 는
어 째 서
이 토 록

우리는
어째서
이토록

곽정은

사랑에 관한
거의 모든 고민에 답하다

내가 어떤 선택을 하든

늘 믿고 지지해주었던

사랑하는 부모님에게

당신은 결국 괜찮을 겁니다

2013년 여름, 우연한 기회에 JTBC 〈마녀사냥〉에 출연하게 됐다. 그곳에서 2년 가까이 연애에 관한 사연을 분석하고 조언을 전하는 역할을 맡고 나서, 달라진 것이 하나 생겼다. 정말 많은 사람들이 내게 상담을 요청하는 메일을 보낸다는 것.

여러 장에 달하는 긴 호소, 연락처를 남길 테니 꼭 전화해달라는 부탁, 눈을 의심할 정도로 충격적인 고백……. 방송을 하차한 후에도 하루에도 몇 통씩 사연이 도착했다. 이렇게 많은 사람들이 힘들어하고 있다니. 안타까운 심정에 상담을 해주고 싶은 마음은 굴뚝같았어도, 그럴 수 없었던 이유는 분명했다. 방송이라는 특수한 상황에서 조언이라는 형식을 빌려 토크를 하는 것과, 정답을 바라는 누군가에게 일대일로 답장을 쓰는 것은 전혀 다른 일이기 때문이다. 나는 다만 생각을 전하는 사람이고 싶을 뿐, 누군가의 일상을 그런 식으로 움직이고 싶지 않았던 까닭도 있다.

오직 선택받고 사랑받는 것만이 중요했기에 숱하게 상처받았던 이십대, 조바심과 어리석음에 선택했던 서른 살의 비극적 결혼, 그리고 비로소 후회 없이 사랑했던 삼십대를 돌아보며 나는 이따금 생각했다. 왜 내게는 고운 꽃길이나 지름길 같은 것이 허락되지 않았는지, 왜 남들에게 쉬운 일이 내게는 이토록 어려웠는지를.

하지만 이제 나는 안다. 어긋남이 나를 살렸고, 상처가 나를 성장하게 했다. 누군가를 사랑하고 상처받고, 회복하고 독립하는 그 과정이, 결국 우리가 세상과 만나고 삶을 받아들이는 과정과도 맞닿아 있음을 깨닫게 되었다. 내게 좋은 길은 허락되지 않았지만, 그래서 오히려 나는 독립적인 사랑이 가능해졌고, 또한 이야기를 나누고 생각을 전하는 사람이 될 수 있었다. 그러니 이제 나는 누구에게든 또렷이 말할 수 있다.

"상처를 받더라도, 매번 어긋난다는 느낌이 들더라도, 너무 걱정하지 말아요. 당신은 결국 괜찮을 겁니다."

자신의 상처를 외면하지 않고, 슬픔을 감추려 하지 않고, 내게 사연을 보내온 모든 분들께 고마운 마음을 전하고 싶다. 지금은 그저 깊은 늪처럼 여겨지는 고민을 만난 당신에게, 여기에 모인 다른 이들의 질문과 답이 어떤 식으로든 위로와 해결의 실마리가 된다면 한없이 기쁠 것이다. 이야기된 고통은 더이상 고통이 아니라는 말이 이 책을 통해 비로소 우리에게 실현되기를 바란다.

목차

연애도 부질없고 사람 만나기도 귀찮아요

첫사랑과 꽤 요란하게 좋아하고 사랑하다 허무하게 헤어지고 나니 그다음부터는 연애가 부질없게 느껴져 사람 만나는 게 귀찮아요. 새로운 사람이 좋아지다가도 '또 같은 결말을 보겠지. 또 상처 주고 상처받고 서로를 물어뜯겠지'라는 생각에 먼저 연락을 끊어버리곤 해요.

요란했던 첫사랑이 끝나면, 사람들은 원하지 않아도 둘 중의 하나가 되는 것 같아요. 다음번의 사랑을 더 열렬히 기다리게 되거나, 혹은 당신처럼 새로운 연애에 대한 동력을 완전히 잃어버리거나요. 저는 첫번째 경우였는데, 당신은 두번째로 마음이 기울었네요. 어떤 쪽으로 마음이 기울든 그것에 대해 누구도 뭐라 할 순 없을 거예요.

　　다만 지금 새로운 사람을 만나기가 귀찮고 겁이 난다면 '연애하는 나'의 상태를 만들려고 애쓰지는 말았으면 좋겠어요. 어떤 사람들은 연애를 못하면 큰일날 것처럼 이야기하지만, 당신은 연애를 하지 않을 때도 별일 없이 잘 살았잖아요? 첫사랑을 만나기 이전에 당신이 당신의 삶을 썩 잘 살아냈던 것처럼, 지금부터 또 그렇게 잘 살아보면 되는 거예요. 누군가를 사귀면 데이트하러 나가기도 하고, 깊은 대화를 나눌 일도 많아지니까 외로움이 다 사라지는 것 같아 보이지만, 어차피 연애를 해도 마음속 깊은 곳까지 전부 채워지지는 않는다는 것, 당신도 이미 알고 있죠?

지금 당신이 해야 할 일은 최대한 당신의 마음이 편해지는 대로 행동하는 것이에요. 누군가를 새롭게 만나는 것에 두려움을 갖고 있다면, 그 두려움이 사라질 때까지 자신을 가장 편안한 방식으로 배려해야 하지 않을까요? 조용한 데서 책도 읽고, 혼자 여행도 가고, 친구들과 이야기도 많이 하고, 그 외에도 당신이 좋아하는 일들로 시간을 차곡차곡 채워가다보면 어느 순간에는 그런 당신의 하루에 누군가가 함께해도 좋겠다는 생각이 들겠죠. 좋은 연애를 시작할 수 있는 시점은, 너무 외롭거나 너무 힘들 때가 아니라 혼자서도 재미있게 잘 지낼 수 있을 때일 거예요. 이렇게 불안정한 마음으로 시작하는 연애는 어떤 식으로든 불안하게 흘러가기 마련이라는 걸 저는 수차례의 시행착오를 경험하고 나서야 깨달았는걸요.

연애는 우리를 성장하게도 하지만 어떤 연애 경험은 우리에게 오직 상처만 남기고 떠나기도 하는데, 저는 그것이 어떤 상태에서 타인을 받아들이게 되었는지와 아주 밀접한 관련이 있다고 생각해요. 연애 자체에 대해 불신이 가득하고 상처받는 것에 대한 두려움 역시 진하게 남아 있는 상태에서 누군가와의 만남을 시작한다면, 자신과 잘 맞는 사람을 선택할 가능성도 줄어들지만 아무리 잘 맞는 사람을 만났다 하더라도 잘 지내기는 힘들겠지요.

그러니, 부디 마음을 편히 먹고 마음 가는 대로 지내보세요. 연애를 하든 하지 않든, 당신의 지금 이 시간은 그 자체로 귀한 날들이니까요. 이 소중한 날들의 가치를 '연애할까, 하지 말까'의 문제만으로 가늠한다는 건, 당신이 인생에서 품을 수 있는 수많은 가능성 중 많은 것들에 대해 눈을 감아버리는 일이라는 것을 잊지 마세요.

그 사람을 도저히 잊을 수가 없어요

좋아했던 사람과 헤어진 지 두 달 됐습니다. 만나는 동안 서로 자존심 때문에 많이도 싸웠죠. 그러다 그 사람이 지쳤다며 이제 그만 만나자는 말만 남기고 떠나버렸어요.

다른 사람도 만나보려고 하고, 일부러 그 사람에 대한 안 좋은 기억만 떠올려보는데도 쉽게 정리가 안 되네요. 그 사람을 다시 잡을 수 있을까요? 아니면 제발, 잊는 방법이라도 알려주세요.

좋아했던 사람이 그리 쉽게 잊혀지겠어요. 한때는 나의 일부였던 사람인데 별다른 예고도 없이 훌쩍 떠나가니 남겨진 사람은 당연히 비참한 감정 속에서 뒹굴게 되지요. 하지만 시작할 때는 두 사람의 마음이 필요해도, 끝날 때는 오로지 한 사람의 결정만 필요한 것이 연애이고 사랑인걸요.

너무나 절박하게 그 사람을 원한다면, 당신의 마음을 진심으로 한 번은 표현해보세요. 하지만 그걸 받아들일지 말지는 그 사람의 자유이니, 끝내 거절당해버리고 마는 일이 얼마든 일어날 수 있다는 것은 예상해야 하고요.

잊는 방법요? 1년 뒤에도 당신이 그 사람을 지금과 같은 마음으로 그리워하고 있을까요? 결국 다 지나갈 거예요. 결국 끝날 겁니다.

습관적으로 하는 헤어지자는 말, 진심일까요?

여자친구와는 사귄 지 3년이 다 되어갑니다. 큰 탈없이 사귀고는 있지만 가끔씩 저희 커플에게 가장 괴로운 시간이 있다면 바로 싸울 때일 겁니다. 제가 회사에 다니기 시작하면서 예전만큼 많은 시간을 보낼 수 없게 되었는데, 그럴 때마다 여자친구는 협박하듯이 "이럴 거면 헤어져!"라고 합니다. 싸우는 것까지는 견딜 수 있어요. 하지만 자꾸 헤어지자는 말을 입에 담는 것은 이해하기가 힘듭니다. 정말 헤어지고 싶어서 그러는 건가요? 아니면 도대체 무슨 이유로 저런 말을 반복적으로 하는 것일까요?

함께 시간을 보내고 싶은데 현실적인 조건 때문에 어쩔 수 없는 부분이 있다면 당신의 상황에 대해 그녀에게 좀더 자세히 설명을 하고 이해를 구하는 과정이 필요해요. '바쁜 거 뻔히 알면서 그렇게 말해야 해? 당연히 알아줘야 하는 거 아니야?' 하는 생각은 옳지 않아요. 말을 하지 않으면 상대방은 몰라요. 독심술을 강요하면 안 되는 거잖아요.

제대로 설명을 하고 이해를 구했는데도 상대방이 변함없이 짜증 섞인 태도로 일관한다면 그때는 단호하게 "그러지 말아주었으면 좋겠다"고 마음을 전달해야죠. 당신에게는 그저 짜증이나 불평으로 들릴지 모르지만 그녀는 '힘들다'는 이야기를 하고 있는 것일지 모르니, 지금 가장 필요한 건 지금의 이 상황을 둘러싼 둘의 대화가 아닐까요. '왜 저렇게 시간을 안 내주고 바쁜 척을 하지?' '왜 저렇게 맨날 불평이 가득이지? 나도 바쁘고 힘들어 죽겠구만'이라는 생각이 교차하는 커플이라면 정말 답은 없어요.

그리고 당신이 제일 힘들게 생각하고 있는 "이럴 거면 헤어져"라는 말 말이에요. 실제로 참 많은 남녀들이 저 말로 상대방을 조종하려 들죠. 저 역시 한때는 그런 말을 연인에게 해본 적이 있는 사람이라서 왜 그런지 설명해드릴게요. 그 말은 '나도 너무 힘드니까 제발 이러지 말자, 내가 이런 말을 하더라도 너는 나를 꽉 잡아줘'라는 간절한 마음을 반어법 격으로 표현한 것일 수도 있고요. '지금 내가 이별을 생각할 만큼 너무 힘든데 너는 내 이야기를 전혀 듣고 있지 않는 것 같으니 나는 이렇게 충격요법이라도 써야겠다'는 생각의 표현일 수도 있어요. 정말로 헤어지고 싶어서 이런 말을 할 수도 있겠지만, 글쎄요. 그렇다면 이렇게까지 반복적으로 이야기를 하게 될 일도 없었을 것 같네요.

A라는 생각을 A라고 표현하지 못하고 돌려서 A'로 표현하는 것은 그리 합리적인 대화의 태도가 아니라는 걸 알았기에 저는 더이상 그렇게 말하지 않아요. 하지만 그녀의 그런 반복적인 호소 내지는 협박을 멈출 수 있는 건 당신의 단호한 의사 표현이라는 것만은 기억했으면 해요.

"나는 너를 아끼고 이 관계를 소중하게 생각하지만, 네가 그렇게 반복적으로 헤어지자고 이야기할 때 정말 힘들고 맥이 빠져. 무엇보다도, 네가 나를 존중하지 않는다는 생각이 들어. 그 말만은 하지 말아주었으면 해." 이렇게 한번 말해보세요. 따뜻하지만 단호하게 자신의 생각을 밝히는 일, 그건 위기의 연인들이 서로에게 할 수 있는 최소한의 배려가 아닐까요.

왜 매번 까맣게 잊는 걸까.

사랑이 시작되는 순간에는
두 사람의 감정이 필요하지만,
끝나는 순간에는
그저 한 사람의 결정으로 충분하다는 것을.

사회적 이슈에 대해
생각이 다른 남자를 만나도 될까요?

남자친구와는 함께 아르바이트를 하다가 연애를 시작하게 됐습니다. 매너 좋고 늘 밝은 모습의 그에게 반했어요. 영화나 음식에 대한 취향도 잘 맞아 큰 싸움 한 번 없이 6개월간 연애를 해왔습니다.

하지만 요즘 고민이 생겼어요. 한마디로 요약하자면 사회적인 이슈에 대한 입장 차이가 아주 크다는 겁니다. 정치, 사회적 약자, 페미니즘…… 거의 모든 이슈에 대해 입장 차이가 현격해요. 그와 둘이 백분토론에 나간다면 밤샘토론이 될 가능성이 200%일 겁니다.

얼마 전엔 함께 기분좋게 데이트를 하러 가다 시위대와 마주칠 일이 있었는데, "저거 다 먹고살 만하니까 시위하는 거야. 왜 도로를 점거하고 난리들이야?"라는 그의 말에 반론을 제기하다 싸움이 시작되었어요. 부당한 일을 당했을 때 누구나 집회와 시위로 알릴 권리가 있지 않느냐고 이야기했지만 의견 차는 좁혀지지 않았고, 그날 결국 데이트를 망쳤죠. 누구나 생각이 완벽히 같을 수는 없겠죠. 하지만 달라도 너무 다른 그와 저, 앞으로 행복할 수 있을까요?

이런 경우 결론은 두 가지 중 하나가 되곤 합니다. 상대방과 내가 다른 점을 아주 관대하게 받아들이고 부딪힐지도 모르는 것에 대해서는 가급적 대화를 자제하는 것이 첫번째일 겁니다. 어차피 이렇게 사회적 이슈에 대한 것을 대화 소재에서 제외하더라도 할 이야기는 얼마든지 많이 있을 테니 두 사람은 예전처럼 평화로운 연애를 계속할 수 있겠죠.

두번째는 서로의 시각 차이에 대해서 두 사람 모두 성숙한 태도로 토론을 지속하는 일을 통해, 서로에 대해 더 잘 알 수 있는 기회로 삼는 것일 겁니다. 첫번째 방법이 쉬워 보이겠지만 조금 갑갑한 측면이 있고, 두번째 방법은 물론 두 사람의 성장에 좀더 기여하겠지만 아주 쉽지만은 않은 일이 될 겁니다.

하지만 여기에 저는 또하나의 결말 역시 가능하다고 말하고 싶습니다. 두 사람이 결국 헤어지는 그런 결말 말입니다. 서로의 다른 생각을 받아들이지 못한 채로 당신에게 일방적으로 생각을 강요한다거나, 토론을 할 때마다 인신공격적 발언을 계속한다면 말이죠. '너와 나는 생각이 달라'가 아니라 '너는 틀렸고 나는 옳아'라고 지속적으로 주장하는 사람과 같이 그릴 수 있는 미래는 얼마나 참혹할까요? 서로의 다른 생각을 인정하기보다는 상대를 공격해서 기어이 이 싸움의 승자가 되어야겠다고 마음먹는 사람을 우리는 얼마나 더 사랑할 수 있을까요?

싸움의 내용보다 중요한 것은 싸움의 방식일 수 있음을

기억한다면, 그가 이 차이를 대하는 방식을 꼭 지켜보았으면 합니다.

그리고 마지막으로 한 가지, 다른 것은 몰라도 사회적 약자를 대하는 그의 시선에 대해서만큼은, 아주 자세히 그 내용 자체를 들여다보고 판단하길 바랍니다. 어떤 사람이 약자를 대하는 방식은, 그 사람이 당신과 싸우거나 불만을 이야기할 때 당신에게 보여줄 태도와 매우 닮아 있을 것이기 때문입니다. 약자를 배려할 줄 모르는 사람과의 동행은, 대부분의 경우 불행으로 향하기 때문입니다.

고백을 거절당한 후 여자들이 무서워졌어요

몇 달 전 동창에게 고백을 했는데, 그녀가 다른 사람에게 마음이 있다며 거절한 이후로 여자들이 무섭고 어렵습니다.
가까워지고 싶어도, 나중에 멀어진 후를 생각하면 더 겁도 나고요. 점점 소심해지고 있는 저, 어떻게 해야 할까요?

마음을 두고 있던 상대가 나를 거절하면 당연히 속이 상하죠. 하지만 그 때문에 모든 여자들이 무서워진다면 그건 '여자들'의 문제가 아니라 '당신'의 문제에 가까운 것 아닐까요? 당신은 고작 한 사람에게 거절당했을 뿐이고, 어떤 사람이든 고백을 거절할 자유가 있는 것이니까요. 내 마음이 아무리 확고하고 불처럼 뜨거워도 상대방이 자유의지에 의해 그 마음을 거절할 수 있다는 것을 인정하기 힘들다면, 당신이 오히려 그녀에게 무서운 존재가 되지 않을까요?

혼자 마음을 키워가다가 갑작스럽게 고백을 하기보단, 작은 호감이 생겼을 때부터 편하게 만남을 가져보세요. 물론 그 과정에서 상대방의 'NO'는 'NO'라는 것을 잊지 마시고요.

'아는 오빠'가 많은 여자친구 때문에 불안합니다

2년 전 소개팅으로 여자친구를 만났습니다. 지금은 주말이면 이틀 내내 저희 집에서 시간을 보내기도 할 정도로 가까운 사이가 되었습니다. 하지만 그렇게 24시간을 붙어 있다보니 알게 된 사실 하나는, 그녀에게 '아는 오빠'라는 사람들이 꽤 많다는 겁니다. 그냥 친구들일 뿐인데 왜 그렇게 예민하게 구냐고 여자친구는 도리어 화를 내네요. 하지만 저는 자꾸 그녀의 휴대폰을 몰래 보고 싶어지고, 저와 함께 있지 않을 때 그녀가 누구와 어떻게 시간을 보내는지 확인하고 싶어집니다.

당신은 자꾸만 연락을 해오는 남자들(더 정확히 표현하자면 그런 남자들을 단호하게 차단하거나 정리하지 않아서 당신의 심기를 불편하게 하는 당신의 여자친구)이 지금 이 문제의 원인이라고 말하고 싶겠지만, 사실 문제의 핵심은 그게 아니에요. 당신과 당신의 여자친구는 그저 연인 간 독점 가능한 부분이 어디까지인가에 대해 다른 입장을 갖고 있을 뿐인 겁니다. 연애중일 때는 다른 이성과 단둘이 만나는 것은 반칙이라고 생각하는 당신과, 연애중이라도 다른 이성과의 연락을 유지하는 것이 전혀 반칙이 아니라고 생각하는 당신의 여자친구가 '적절한 독점'에 대한 다른 생각을 갖고 있다는 건 너무 당연한 일이죠.

하지만 이렇게 애초에 가치관이 달랐던 문제에 대해, 당신은 의심의 날을 세웠고 그때마다 여자친구는 분노만 표현했으니 두 사람이 서로의 차이에 대해 서로 인정하거나 그 폭을 줄일 수 있는 가능성은 오히려 사라져버리고 만 셈입니다.

'너는 틀렸어'라고 말하기 전에 '우리는 다르구나'라는 지점에 다다를 수 있는 사람이 되기 위해서는, 그러니 이쯤에서 상대방이 아닌 나 스스로를 돌아보는 마음이 필요합니다. '이 사람을 믿어도 될까?'라는 그 불안감과 '그녀는 나를 버리고 나보다 좋은 남자를 선택할지도 몰라'라는 내면의 열등감이 점점 더 의심을 깊어지게 만들고, 이런 식으로 버림받는 일만은 피해야겠다고 다짐하게 만들며, 그리하여 할 수 있는 한 모든 상상과 의심을 계속하게 만들죠.

하지만 단 한 가지 확실한 것은, 끊임없이 의심하고 그 사람의 일거수일투족을 확인하려는 사람과 연애하고 싶어하는 사람은 없다는 겁니다. 사람마다 역치점은 달라 그런 의심을 좀더 인내하는 사람도 있긴 하겠지만, 장기적으로는 어떤 관계든 이런 의심과 분노를 주고받으며 행복하게 지낼 수는 없는 법이죠.

허심탄회하게 이야기를 해보셔야 해요. 마음속의 불안, 열등감, 서운함에 대해서 그녀에게 차분하게 털어놓는 것도 방법이죠. 다짜고짜 "왜 남자들이 이 시간에 연락하는 거야?"라고 화낼 것이 아니라, "이 시간에 연락이 온다는 건 가까운 사이가 아니면 힘든 일인데, 자꾸만 남자들에게서 연락이 오는 걸 보니 불안하고, 혹시 네가 다른 사람에게 마음을 갖고 있는 게 아닐까 걱정이 됐어"라고 말해보는 거죠. 자신의 감정을 차분하게 돌아보고 왜 불만을 토로하게 되었는지를 설명한다면, 그녀도 당신에게 무작정 화를 내기보다 당신의 걱정을 이해하고 당신을 안심시키려고 할 겁니다.

불안이라는 감정의 원인을 무조건 상대에게 전가하는 것이 아니라 그 불안에 대해 담담하게 털어놓고 그후에 원하는 바를 이야기하는 사람에게조차 화를 내고 비난하는 연인이라면, 글쎄요. 그런 사람이라면 어차피 헤어지게 되지 않겠어요?

갑자기 과거를 궁금해하더니 결혼 못하겠다고 합니다

결혼을 앞두고 갑자기 남자친구가 "전에 어떤 남자들이랑 사귀어 봤어?"라고 묻는 거예요. "내가 아는 친구가 너랑 사귀었더라?"라고 하면서요. 이름까지 알고 있기에 뭐 더 숨길 것도 없겠다 싶었죠. 그런데 일이 이렇게 커질 줄 몰랐어요! 그 이후로 저랑 결혼 못할 것 같다고 난리예요. 너무 충격받았다면서요. 겨우 다독여놓아도, 싸울 일만 생기면 그 얘기를 합니다.

과거가 궁금할 수는 있죠. 하지만 '누군가와 사귀었다'는 사실을 가지고 상대방에게 집요하게 캐묻는 사람이란, 상대방의 가치를 그것으로 판단할 수 있다고 믿는 사람일 뿐이에요. 그가 지금 결혼을 하지 못하겠다고 하는 말이 진심이든 홧김에 하는 이야기든, 그는 '이 사실을 알게 된 이상 너의 가치는 내가 알고 있던 것보다는 떨어진다'고 생각하는 사람인 것이죠. 누구와 연애했든 지금의 나를 나로 받아들일 수 있는 사람이 아닌 것이고요. 냉정하게 판단하셔야 할 때인 것 같네요. 당신은 당신의 가치를 제대로 파악하는 사람을 곁에 둘 자격이 충분히 있으니까요.

연애 초기에 느꼈던 설레는 감정은 다시 오지 않나요?

두 살 많은 남자친구와는 벌써 5년차 커플입니다. 5년째 같은 사람과 만나면 권태기가 올 수밖에 없다는 건 알고 있어요. 하지만 제 앞에서 아무렇지 않게 트림을 하거나 방귀를 뀌고, 전혀 꾸미지도 않은 채 마냥 편하게 입고 나오는 남자친구의 모습을 보면, 대체 어디부터 잘못된 것일까 하는 생각도 들어요. 연애 초기, 서로를 세심하게 배려하던 그때로 우린 돌아갈 수 없는 걸까요?

결론부터 말씀드리자면…… 네, 연애 초기의 설레는 그 감정으로 돌아갈 수는 없을 겁니다. 당신과 당신의 남자친구는 더 이상 5년 전의 그 사람과 같은 사람이 아니니까요. 서로에 대해 알고 있는 정보나 쌓여 있는 기억들이 달라졌는데 어떻게 5년 전으로 돌아갈 수 있겠어요? 그건 마치 '제가 어떻게 하면 열 살 무렵의 동심을 되찾을 수 있을까요?'라는 질문 같은 거죠. 그러니 설레는 감정을 다시 갖는 것이 당신의 유일한 바람이라면 냉정하게 말해 아마도 새로운 사람을 찾아보는 것이 나을 겁니다.

함께한 시간만큼 친밀감이 자리잡지만, 둘 사이에 존재하던 열정이 사라져버리는 가장 큰 이유는 무엇일까요? 저는 그것이 오늘 지하철에서 마주친 사람에게조차 작동하지만 가장 가까운 사람에게는 가동되지 않게 된 것, 바로 '매너'라고 생각합니다. 지하철에서 큰 소리로 트림을 하거나 방귀를 뀌지 않는 건, 그것이 옆 사람에 대한 최소한의 매너라고 생각해서일 겁니다. 하지만 친하고 편해진 사람에게 오히려 그런 행동을 서슴없이 하게 되는 건, 매너를 지켜서 생기는 이득보다 지키지 않아서 얻게 되는 편안함이 더 크다고 생각하기 때문일 겁니다. 함께 지낸 시간이 길어질수록 권태기를 맞이할 가능성이 커지는 건, 단지 서로에 대해 알만큼 알아서가 아니라 '우리 사이에 매너를 좀 덜 지켜도 괜찮은 거 아니야?'라는 생각이 행동으로 이어지고, 그 행동이 서로에게 반복적으로 노출되어서라는 거죠.

생리현상을 그대로 노출하는 것은 일부의 예일 뿐이에요. 함께 식사를 할 때 속도를 맞추지 않는다거나, 만나면 짜증났던 이야기만 줄줄 이어가는 것, 사랑하는 사이에 사생활이 어디 있냐며 전화기를 몰래 보려고 하는 것, 잠자리에서 대충 자기 욕구만 채우려고 하는 것 같은 행동은 모두 매너의 상실로 인해 일어나며, 이것은 누가 먼저랄 것도 없이 권태감을 느끼게 만드는 이유로 작용합니다. 즉 권태기가 찾아와서 함부로 행동하게 되는 것이 아니라, 매너가 없어진 자리에 권태감이 자리잡는다는 것이죠. 당신의 눈에 지금 보이는 것들이 그의 트림과 방귀 같은 것이겠지만, 어쩌면 당신도 또다른 방식으로 매너 없는 행동을 했을지도 모를 일이고요.

다시 말씀드리지만, 예전과 똑같이 설렐 수는 없을 겁니다. 하지만 두 사람이 지금과 다르게 행동할 수는 있을 거예요. 서로의 사적인 영역을 존중하고, 처음 만난 사람에게 보여주지 않을 모습은 연인에게도 보여주지 않도록 하며, 편안하게 대화하되 생각 없이 내뱉지 않는 것, 이런 작은 행동의 변화들이 두 사람 사이의 온도를 높여줄 겁니다.

다만 여기서 문제는 권태감이라는 감정 때문에 먼저 괴로워하기 시작한 것은 당신이기에, 남자친구가 당신의 고민이나 변화에 동참할 수 있도록 이끌어야 하는 것도 당신이라는 점인데요. 당신이 문제점이라고 느끼는 부분을 부정적인 언어로 일일이 지적하는 것이 아니라, 당신이 기대하는 모습이나 좋다고 생각하는 방향에 대해 긍정의 언어로 표현하는 것을 추천하고 싶어요. "나는 이게 싫고 짜증나!"가 아니라 "나는 우리가 이렇게 변화했으면 좋겠어"라고 말한다면, 분명 더 좋은 결과가 있을 거예요.

어떻게 저를 두고 성매매업소에 다녀올 수가 있죠?

제게는 5년 가까이 사귀었고, 결혼을 생각하며 동거중인 남자친구가 있습니다. 약 6개월 전쯤 둘이서 크게 싸웠을 때, 그는 밖에 나가서 머리 좀 식히고 온다고 하더군요.
그런데 알고 보니 그때 그는 성매매업소에 갔더라고요. 도저히 용서가 안 돼서 헤어지자고 했지만, 사랑하는 마음과 미련 때문에 만남과 헤어짐을 반복하고 있어요. 너무도 좋아하지만 믿음이 가지 않는 남자, 모든 걸 용서하고 만나도 될까요?

진심으로 그를 용서할 수 있겠어요? 앞으로 당신과 싸울 때마다 그가 성매매업소에 다녀오겠다고 말해도 너그럽게 보내줄 자신이 있다면, 굳이 말리지는 않을게요.

어떤 남자와 결혼해야 하는 걸까요?

지난주에 결혼정보회사에 가입한 서른 살 여자입니다. 이제 어떻게든 결혼 적령기의 남자들을 만나게 될 텐데, 어떤 남자와 결혼하는 것이 좋을지 잘 모르겠어요.

전공을 선택하는 것, 직장을 정하는 것, 이직하는 것, 결혼을 결심하는 것 등 인생의 많은 결정을 내릴 때 우리는 그 결정에서 자신을 배제한 채 객관적인 조건, 스펙, 숫자 같은 것을 굉장히 중요시하곤 합니다. 사실은 별로 관심이 없던 학문이지만 단지 취업이 잘된다는 이유만으로 어떤 전공을 선택하기도 하고, 연봉이 높다고 하니 자신의 성향과는 맞지도 않는 회사에 지원을 하는 식으로요.

하지만 이런 결정을 반복적으로 하게 되면 분명히 문제는 생기고 맙니다. 남들은 부러워하겠지만 정작 나는 집에 돌아오면 하나도 즐겁지가 않고 공허함만 커져가는 것이죠. '내가 언제 비로소 행복해질 수 있는 인간인가'를 스스로에게 따져 묻지 않는다는 것은, 길지도 않은 삶을 불행한 쪽으로 몰고 가는 가장 손쉬운 방법일지 모르겠습니다.

'나는 언제 행복해지는 사람이지?' 당신이 지금 스스로에게 해야 할 질문은 그러므로 이것 하나밖에 없다고 저는 생각합니다. 함께 생각을 나누며 이런저런 토론을 할 때 행복해지는 사람이라면, 관심사나 대화하는 방법이 비슷한 사람을 만나야겠죠. 몸 쓰는 것을 좋아하고 그럴 때 비로소 활력을 느끼는 편이라면, 운동에 대한 관심사나 취향이 비슷한 사람을 만나면 좀더 행복할 수 있을 겁니다. 쇼핑을 하는 것이 즐겁다면, 적어도 수입의 얼만큼을 쇼핑하는 데에 쓰는 것이 적절한가라는 질문에 대해 비슷한 답을 공유할 수 있는 남자라야 별 탈이 없을 것 같네요.

'어떤 남자와 결혼해야 하나요?'라는 질문은 그러므로 남에게 할 것이 아니라 당신이 지금 당장 스스로에게 해야 하는 것이죠. 상대방의 조건이나 데이트 도중의 짧은 리액션 정도로 '이 남자는 어떨까?' '이런 모습은 별론데?'라고 끊임없이 재단하다보면 한 사람을 있는 그대로 받아들이지 못하고 그저 단점만을 발견하게 되거든요.

특히나 결혼정보회사를 통해, 즉 결혼이라는 목표를 위해 돈을 내고 소개받기로 한 상황에서 두 사람이 만난다는 일은 자연스럽게 시간을 두고 전체적으로 바라보는 일보단 요모조모 조건 위주로 뜯어보는 일 쪽에 가까워질 확률이 큽니다. 때문에 자신의 행복 조건을 따져 묻지 않은 채로 맞선 상대를 소개받는다면, 당신의 결혼이라는 프로젝트는 점점 더 미궁에 빠져버릴지도 모릅니다. 아무리 많은 남자를 만나본다고 해도요.

절대로 결혼하면 안 되는 여자의 유형이 있나요?

서른 살 즈음에는 꼭 결혼을 해 가정을 꾸리고 싶은 스물여덟 살 남자입니다. 그런데 주변에서 결혼한 이후 더 힘들어하는 사람도 많이 봤어요. 어떤 사람과 결혼해야 할지는 아직 잘 모르겠지만, 최소한 '이런 여자와 결혼하면 안 된다'라는 것에는 정답이 있지 않을까요?

한국의 조이혼율(인구 천 명당 이혼 건수)은 2.72건으로 아시아 최고 수준을 기록하고 있습니다. 그리고 매년 이 비율은 지속적으로 상승하고 있는 추세라고 하네요. 어떤 특징을 가진 사람과 결혼을 했을 때 그 결과가 안 좋은지 콕 짚어 리스트업 해달라는 주문에, 유독 높고 또 점점 높아지는 이혼율 이야기를 꺼낸 이유는 사실 당신의 질문에 대해 '동문서답'부터 하기 위해서입니다. 할 수 있는 한 모든 위험과 불행을 피해 가고자 하는 마음은 당연히 이해받아야 하겠죠. 하지만 원하고 바라는 것을 기준으로 무언가를 선택하는 삶과, 두려움과 불안을 피하는 것이 인생의 중요한 선택 기준이 되는 삶은, 분명 그 결이 다르지 않을까요.

아무리 열심히 노력해도 더 나은 삶을 살기가 어렵고, 양극화와 무한경쟁으로 점철된 사회에서 잠시만 다른 데로 눈을 돌려도 낙오되며, 사회 시스템이 정의를 구현하지 못한다는 절망감은 '좋은 선택은 차치하고라도 최악의 선택만은 피해보자'는 결론을 낳는 것 같습니다. 함께 행복을 만들 수 있을 거라고 믿어 의심치 않는 사람을 찾는 일보다 '어떤 사람을 피해야 할까요?'라는 질문이 더 많이 나오는 건 바로 이런 이유가 아닐까요. 우리는 상대방이 어떤 작가에 열광하고, 어떤 노래를 즐겨 듣는 사람인지에 집중하기가 힘들어집니다. 눈에 보이는 성취, 연봉이나 집 평수처럼 숫자로 측량할 수 있는 가치로 판단하는 것이 훨씬 확실한 보증수표가 되는 거죠.

다시 이혼율 이야기로 돌아갈까요? 행복할 거라 믿어 의심치 않았던 결혼이 슬픈 결론으로 끝나게 되는 사건 말이죠. 그것은 '어떤 사람을 만나야 최악을 피해 갈 수 있을까'라는, 즉 행복을 공유할 파트너에 대한 고찰이 아닌 불안을 없애줄 누군가에 대한 갈망에 지배당하는 순간 이미 시작됩니다. 행복에 대한 자신만의 기준과 데이터를 가지고 있는 사람은 무언가를 결정할 때 현명한 선택을 하기 쉽습니다. 하지만 그것이 없는 채로 하는 선택이란 오히려 얄팍하여 앞을 내다보지 못하는 것이기가 쉽죠.

'어떤 여자를 피해야 하나요?'라는 질문에 애초에 어떤 답을 기대하셨는지 모르겠습니다. '낭비벽이 있고 명품을 사랑하는 여자' '너무 드세고 말싸움하면 져주는 법이 없는 여자' '아는 남자사람친구가 너무 많은 여자'처럼, 술자리 뒷담화에서 들었을 법한 특정한 유형의 여성을 머릿속에 설정해두고 질문하셨던 건 아닌지 모르겠습니다.

어떤 사람을 피하고, 걸러내고, 색출해내는 일보다 훨씬 중요하고 가치 있는 일은 이런 것이 아닐까요. 당신의 마음을 뛰게 한 어떤 사람의 장점과 단점을 있는 그대로 받아들일 수 있는지 한번 가늠해보는 일, 결혼을 통해 이루고자 하는 가정의 모습이 비슷한지 차분히 따져보는 일 같은 것들이요. 그저 불안하지 않기 위해 누군가를 선택하는 일이 당신에게 일어나지 않았으면 좋겠네요.

취미가 다른 남자와 함께 행복할 수 있을까요?

작년 연말 한 모임에 갔다가 우연히 알게 된 그는 첫인상부터 딱제 타입이었습니다. 까무잡잡한 피부에 건장한 어깨 그리고 단단한 하체까지, 한마디로 상남자 스타일이었죠. 제가 열심히 대시해 사귀게 되었고 한동안 꽤 즐거운 시간을 보냈습니다.
그런데 한 가지 문제가 생겼어요. 그는 주말이면 거의 매주 저를 두고 바닷가로 서핑을 떠납니다. 주중엔 각자 일하느라 바쁜데 주말엔 그가 사라져버리니 오붓한 데이트를 즐긴 게 언제인지 기억도 나지 않네요. 같이 서핑하면 되지 않느냐고요? 저는 바닷물에 들어가는 것 자체가 무섭답니다. 취미가 달라도 너무 다른 우리, 과연 어떻게 해야 행복하게 지낼 수 있을까요?

그저 멋진 상남자 스타일인 줄로만 알았지만, 연애 초반 서로에게 몰입하는 시기를 지나고 나니 오로지 자기 취미밖에 모르는 이기적인 남자 같아 실망스러운 거죠? 당신과의 시간을 제1순위로 두고, 당신에게 몰입해주었으면 했지만 나보다 취미를 더 좋아하는 것 같아 배신감도 들 테고요.

　다만 중요한 것은 당신이 '이런 식으로 지내는 건 내가 생각한 이상적인 연애의 모습과는 거리가 멀어'라는 생각이 들었다는 사실 그 자체입니다. 당신에겐 누군가를 위해 서핑을 배울 의무는 없지만, 원하는 모습의 연애를 추구할 권리란 분명히 있으니까요. 적어도 주말 중 하루는 데이트를 하면서 함께 따스한 눈빛을 주고받으며 수다도 떨고, 한 달에 한 번쯤 여행도 가는 것이 당신이 원한 연애의 모습이라면 그걸 그에게 이야기해야만 한다는 거예요. '왜 그는 내 말을 안 들어주지?' '그는 나보다 자기 취미가 더 좋은 건가?'라는 식으로 생각한다면 생각의 중심엔 당신이 아니라 그 남자만 존재하게 되겠죠. 그럴수록 그에 대한 원망만 커질 거고요.

그러니 '내가 원하는 연애란 어떤 거지?'라는 질문을 스스로 해야 해요. 그후에 "내가 원한 건 이러이러한 것인데, 그런 부분이 채워지지 않으니 조금 아쉽고 힘들어. 이러이러한 부분은 서로 타협해서 맞춰보면 어떨까?"라고 진지하게 이야기를 꺼내야죠.

다음으로 중요한 것은 당신의 이런 진지한 문제 제기에 대해 그가 어떤 식으로 반응하는지를 지켜보는 일일 겁니다. 당신의 문제 제기에 들은 체도 하지 않는다거나, 말로만 타협점을 제시하고 행동은 전혀 바뀌지 않는다면, 어차피 그런 사람과는 오래가기도 힘들뿐더러, 오래가봤자 당신만 피곤해지는 것 아니겠어요? 아이처럼 떼를 쓰거나 일방적으로 뭔가를 강요하는 식이 아니라, 진지하게 문제 제기를 해 당신의 의사를 전달해보세요. 그가 앞으로 당신과의 갈등을 어떤 식으로 해결하려고 하는 사람인지 나아가 어떤 사람인지, 선명하게 보일 겁니다.

지금 고민해야 하는 건 그가 서핑을 덜 가게 할 건지, 당신이 어디까지 이해해주어야 하는지가 아니에요. 이건 그저 좋은 기회입니다. 당신이 어떤 사람이고, 또 그 사람이 어떤 사람인지 깊이 있게 읽어낼 수 있는. 부디 이 좋은 기회를, 눈을 크게 뜨고 잘 감당하길 바랄게요.

애프터 만남 후 갑자기 연락 두절된 건 무슨 의미일까요?

소개팅 후 그녀와 매일 연락하고, 일주일에 한 번씩 꼬박 다섯 번을 만났습니다. 그런데 갑자기 그녀와 연락이 닿지 않아요. 톡도 읽지 않고 연락이 되지 않으니 신경쓰이네요.

소개팅 후 다섯 번이나 만났으니 '이젠 본격적으로 사귀는 거구나'라는 생각도 하셨겠어요. 처음 만났을 당시 두 사람 모두 최소한 '나쁘지는 않겠다'는 판단을 했기 때문에 다섯 번이나 만남을 가졌을 텐데, 그 다섯 번의 만남이 두 사람에게 아주 다른 결과를 가져온 것 같군요. 그녀는 '다섯 번을 만나봤지만 도저히 안 되겠다'는 결론을 내렸을 가능성이 높은 상황으로 보여요. 그 마음을 솔직하게 털어놓지 않고 연락 두절이라는 방법을 택한 건 그녀의 잘못이지만, 아직은 두 사람의 관계가 본격적으로 가까워졌다고 하기는 어려운 상황에서 많은 사람들이 '알아서 떨어져주길' 바라는 식으로 행동하는 것도 현실이죠. 어쩌겠어요. '그런가보다' 하는 수밖에요.

너무 큰 기대는 하지 마시고, 확실한 사실을 알고 맘이라도 편안해지고 싶다면 주선자를 통해서 그녀의 생각을 알아보세요.

끊임없는 잔소리, 이젠 정말 지긋지긋합니다

처음엔 하나하나 챙겨주는 그녀가 정말 고맙고 사랑스러웠습니다. 하지만 어느 때부터인가 그녀는 사소한 것 하나까지 모두 저에게 잔소리를 하는 여자친구로 바뀌었습니다. 같이 밥을 먹을 때면 먹는 습관이나 모습 가지고도 트집을 잡고, 직장에서 있었던 이야기를 하면 응원은커녕 이러쿵저러쿵 타박으로 돌아오기 일쑤죠.
그래서인지 요즘은 아무 이야기도 하고 싶지가 않습니다. 왜 그렇게 표정이 안 좋냐고 그녀가 묻지만, 솔직하게 이야기하면 속 좁고 소심하다는 말 들을까봐 할 수도 없습니다. 우리 사이, 문제 있는 거죠?

두 분 사이가 문제가 있느냐고 물으셨죠? 네, 문제가 있어요. 서로 좋아서 만난 사람들인데 정작 만나서 하는 일이라는 게 타박하고 불편하게 하는 일이 되어버렸다는 것도 문제고, 자신에게 지속적으로 불편하고 부당한 이야기를 한다고 생각하는데도 그에 대해서 "그렇게 하지 말아줘"라고 말할 수 없는 상황도 문제겠네요.
　이 문제는 어디부터 풀어가야 하는 걸까요? 가장 좋은 건, 잔소리를 시작한 사람이 먼저 자신에 대해 돌아보는 일일 겁니다. 잔소리 그 자체만으로는 사실상 아무것도 해결되지 않으니, 잔소리가 아니라 대화다운 대화로 자신이 원하는 바를 전달해야 하는 것이니까요.

문득 그녀가 '나는 왜 이렇게까지 잔소리를 하는 것일까? 이 사람의 행동이 하나하나 다 맘에 안 들어서일까? 아니면 이 사람이 조금이라도 더 좋은 사람이 되게 해주고 싶어서일까? 혹은 그저 내 스스로 짜증이 났는데 앞에 보이는 사람한테 그 감정을 배설하고 싶은 것일까? 이런 잔소리가 이 관계에 정말로 도움이 되기는 하는 것일까?'라는 질문을 스스로에게 할 수 있다면 가장 좋겠죠. 하지만, 이미 잔소리를 습관적으로(거의 중독적으로 하는 경우도 종종 있죠) 하고 있는 사람이 이런 자각을 하는 일이라는 건 쉽사리 일어나지 않는다는 게 문제입니다.

그러니 이제 공은 당신에게 넘어옵니다. 그녀가 또 잔소리를 하기 시작한다면, 일단 진지하게 들어주세요. 그리고 이렇게 말해야 합니다. "좋아하고 아끼기 때문에 이런 이야기도 하는 것이라고 생각해. 하지만 우리가 나누는 대화의 대부분이 뭔가를 지적하고, 비난하고, 혀를 끌끌 차는 것들이라면 우리 관계에도 좋지 않은 일일 것 같아. 너도 힘들지? 사실 나도 힘들어. 나에게 바라는 것이 있다면 지금 다 이야기해줘. 네가 힘들지 않도록 내가 노력할게." 이 관계를 정말 소중하게 생각한다는 마음을 담아 진지하게 이야기한다면, 그녀도 당신의 이 호소에 대해 제대로 생각해보게 되겠죠.

단, 이때 절대로 목소리를 높이지 않겠다, 절대로 상대를 비난하는 말은 하지 않겠다. 인정할 것은 인정하지만 요구할 것은 요구하겠다, 라는 마음가짐을 기억하는 것 역시 중요하고요. 서로를 비난하지 않고 자신이 원하는 바를 전달하는 것은 쉽지 않지만, 이것을 한 번만 제대로 할 수 있게 된다면 비단 연애뿐만 아니라 다른 인간관계에도 분명 많은 도움이 될 거예요.

잠자리가 맞지 않는 남자와 결혼해도 될까요?

소개팅으로 만난 남자와 사귄 지 8개월이 다 되어갑니다. 저는 이 사람과 결혼까지도 생각하고 있는데, 문제는 바로 그와의 잠자리에 대한 겁니다.

외모부터 성격과 직업까지 다 맘에 들고 같이 있으면 마냥 좋은데, 딱히 몸이 끌리는 느낌이 없달까요. 잠자리를 가져도 정말 별 감흥이 없어요. 이런 사람과 결혼을 해도 되는 건지 판단이 잘 서지 않습니다. 친구들은 부부생활엔 속궁합이 중요하다며 신중하게 생각해보라고 하는데, 전 어떻게 해야 할까요?

이 질문에 대한 답이야말로, 주변의 지인들이 아니라 바로 당신에게서 구해야 합니다. 무엇보다 지금까지 당신이 살아오면서 누군가와 몸으로 소통을 하고 뜨겁게 사랑받는 경험을 통해 얼마만큼의 행복을 기대했고 또 느꼈는지 생각해보세요. 지금까지 몇 번쯤 연애 관계를 경험했다면 '나는 이러이러한 사람을 선호하고, 이러이러한 관계를 편안하다고 느껴'라고 생각하는 부분이 분명히 있을 거예요. 그렇다면 당신에게는 당신이 선호하는 사람의 유형이나 상대방의 성격에 대한 자신만의 데이터, 그리고 자신만의 뚜렷한 주관이 존재하는 것이라 말해도 좋겠죠.

잠자리에 대해서도 마찬가지로 당신의 뚜렷한 주관이 필요해요. '섹스가 잘 맞는 건 부부 사이에 정말 필수적이야'라는 결론을 내린 사람도 있을 테고, '어차피 몇 년 지나면 다 똑같아. 성격 무난하고 대화 잘 통하는 게 가장 중요해'라고 말하는 사람도 있을 테죠. 당신의 친구들은 아마 전자에 속하는 사람들이겠지만, 당신 스스로의 생각이 제대로 서지 않은 상태에서 후자 쪽에 속하는 사람의 조언을 듣는다면 또다시 마음이 흔들릴걸요? '나는 나의 행복과 잠자리가 얼마나 관련되어 있다고 생각하는가'의 문제에 대해 스스로의 삶을 통해 답을 내려가는 것만큼 정확한 해법은 나올 수 없어요.

당신이 만약 '난 속궁합 같은 건 별로 중요하지 않아'라고 생각한다면 이대로도 이 관계는 괜찮아요. 하지만 당신에게 이 문제가 중요하다는 결론이라면 그냥 기다려서는 안 돼요. 아무 감흥이 없는 건 단지 속궁합이 좋고 안 좋고의 문제가 아니라, 두 사람이 서로의 몸에 대해 커뮤니케이션이 부족하다는 증거이니까요.

그러니 당신은 지금보다 훨씬 솔직하고 적극적으로 행동해야 해요. 어떻게 만져달라고, 어떻게 키스하고 싶다고, 나는 이런 식으로 하는 것이 좋다고, 당신이 원하는 것을 적극적으로 말해야 하죠. 두 사람이 섹스를 하는 동안 서로의 몸에 더 많은 쾌감을 줄 수 있도록 더 많은 대화를 해야 해요. 자신이 원하는 것을 말하기를 부끄러워하는 여자와 '내가 기분이 좋으니까 이 사람도 좋겠지?'라고 제멋대로 넘겨짚는 남자가 만난 경우, 여자는 절대 제대로 된 오르가슴을 느낄 수 없으니까요. 자신이 원하는 걸 말한다는 게 처음부터 쉽진 않을지 모르지만, 내 몸에 대해서조차 솔직하게 말할 수 없는 관계라면 다른 행복은 어떻게 함께 만들어갈 수 있을까요? 물론 지금까지 별다른 이야기를 하지 않다가 갑자기 이 부분에 대해 이야기를 꺼낸다는 것이 쉬운 일은 아닐 거예요. 하지만 당신이 얼마나 쾌감을 느끼는지에 대해 별로 관심이 없던 사람을 바꾸는 방법은, 오로지 당신의 의사 표현밖에는 없어요.

결혼에 있어서 섹스가 전부는 아니지만, 두 사람이 깊은 유대감을 지속하는 데에 중요한 요인이라는 건 누구도 부정할 수 없어요. 더 늦기 전에, 솔직하게 당신이 원하는 것을 말할 수 있다면 좋겠군요.

바람피운 그를 도저히 용서할 수 없어요

올해로 사귄 지 4년째 되는 남자친구와는 큰 문제 없이 잘 지내오고 있다고 생각했습니다. 지난 4월에 그가 회사 동료와 바람을 피우기 전까지는요. 처음엔 정말 용서하지 않으려고 했지만, 짧은 바람이었고 정말 진심으로 미안하다고 울면서 말하는데 저도 마음이 누그러지더군요.

네, 그렇게 용서할 수 있을 줄 알았습니다. 하지만 시간이 지날수록 그 기억이 희미해지는 게 아니라, 점점 더 화가 나고 배신감이 커지네요.

연애를 시작할 때, 그리고 결혼 약속을 하면서 우리는 내 눈앞의 사람이 언제까지나 내게 신의를 지켜주길, 그리고 다른 사람에게 눈 돌리는 일이 없길, 기대하고 또 믿어 의심치 않습니다. 하지만 아주 많은 커플과 아주 많은 부부가 알게 모르게 다른 사람에게 마음을 주고 그래서 결국 파경을 맞이하곤 하죠.

물론 바람을 피우는 것 자체는 나쁜 일이라는 건 확실합니다. 곁을 지키던 한 사람과의 신뢰를 완벽히 깨버리는 일이니까요. 하지만 그걸 나쁜 일이라고 규정하는 것과는 별개로, 그런 일은 예고 없이 누구에게나 다가오죠. 복불복이라는 겁니다. 일단 시작되면 이쪽에선 손쓸 방법도 없고요. 네, 조금 냉정하게 이야기해서, 당신이 경험한 이 슬픈 사건은 아주 특별한 일이라고는 말할 수 없어요. 배신은 오래전에도 있었고, 지금도 일어나고 있으며, 앞으로도 일어날 수밖에 없는 일일 겁니다.

가장 중요한 건, 내가 사랑하는 사람이 바람을 피웠을 때, 그 행동에 대해 나는 어떻게 반응할 것인가의 문제가 아닐까요. 내가 감당할 수 있는 일인지 그렇지 않은 일인지를, 이제는 결정해야만 합니다. 저는 처음에 당신이 용서를 해야겠다고 생각한 그 순간의 결정으로 다시 돌아가 마음속을 들여다보라고 말하고 싶습니다. 사과를 하든 하지 않든, 먼저 그가 저지른 그 행동에 대해서만 좀더 집중해서 생각해야 했다고도 말하고 싶고요. 이만큼 사과했으니까 그도 뉘우치고 있을 거라는 생각보다 더 중요했던 건, '과연 나는 이런 행동을 한 사람을 변함없이 믿고 신뢰할 수 있는가, 애정을 갖고 대할 수 있는가'의 문제가 아니었을까요? 그 부분에 대해 제대로 고민하지 않은 채로 덥석 애매한 용서를 해버렸기 때문에 지금의 내적 갈등이 커지게 된 것이 아닌가 생각해요. 그가 무릎이라도 꿇고 울며 사과했다고 해도, 당신이 받아들일 수 없는 일이라면 받아들이면 안 됐던 것이죠. 용서는, 상대가 얼마나 사과를 했는가의 문제가 아닌 내가 정말로 이 일을 감당할 수 있는가에 의해 정해야 하는 것이니까요.

먼저 잘못을 저지른 건 그 사람입니다. 하지만 제대로 잊어버릴 자신도 없고 받아들일 수 없으면서, 착한 여자 코스프레라도 하듯 그 사람을 다시 받아들이는 결정을 선뜻 한 것은 당신이에요.

지금이라도 늦지 않았어요. 그 사람을 위해서가 아니고, 4년이란 아까운 시간을 위해서도 아니며, 주변의 사람들 시선을 위한 선택도 아닌, 오직 스스로를 위한 결정을 내려야 해요. 나와의 신뢰를 깬 사람을 용서할 수 없다면 여기서 접으면 되는 것이고, 그래도 용서를 하기 원한다면 더이상 과거의 일로 그 사람을 괴롭히는 것도 그만두어야 할 것 같네요.

잠든 그의 가슴에 귀를 대고
심장 박동 느끼기,

잠든 그의 얼굴 가까이에서
숨소리 듣기,

잠든 그의 등을
가만히 쓸어내리기,

뜨거운 밤만큼 소중한
침대 위의 순간들.

함께 떠나는 여행, 솔직히 조금 겁이 납니다

여자친구와 같이 여행을 가기로 했는데, 벌써부터 걱정이 되는 건 왜일까요? 평소 데이트할 때도 서로 의견이 달라 티격태격할 때가 많은데, 멀리 여행까지 가서도 스트레스 받을 것 같네요.
모처럼의 휴가를 잘 보내고 오려면 어떤 것들을 기억해야 할까요?

꿈결 같길 바랐던 여행이 악몽이 되기 쉬운 이유, 그건 집을 떠나는 순간 얻어지는 자유만큼 커지는 불안과 긴장 때문일 겁니다. 나에게 익숙하지 않은 장소에서 뭔가를 한다는 건, 어떤 예측불가의 상황이 펼쳐져도 그것에 원하는 만큼 대처할 수 없다는 뜻이기도 할 테니까요.

그런데 불안과 긴장 못지않게, 두 사람의 여행을 불편하게 만드는 것이 있습니다. 옵션이 너무 많다는 거죠. 여행은 삶에 대한 가치관을 드러내는 꽤 강렬한 기회의 시간이어서, '우리가 얼마나 다른지' 혹은 '우리가 얼마나 비슷한지'를 꽤 압축적으로 경험할 수 있는 기회가 되곤 하잖아요. 여행 왔으니 아침부터 열심히 돌아다녀야 한다는 사람과 여행 왔을 때만이라도 푹 자야 한다는 사람, 숙소는 무조건 고급이어야 한다고 생각하는 사람과 숙소 비용을 아껴 좋은 걸 먹어야 한다는 사람이 싸우지 않고 여행하는 일이란 쉽지 않을 겁니다. 결정해야 하는 일이 많다는 건 언쟁할 가능성이 높아지는 것과 같은 말이며, 생각이 다르지만 싸우지는 않는 방법을 찾는 것은 충분한 배려와 다소의 내공이 필요한 일이니까요.

'와, 이 사람이 나랑 생각이 달라 사사건건 부딪치면 어떻게 하지?'라는 생각을 벌써부터 하고 계신다니 한편으로는 걱정되는 것도 사실입니다. 하지만 걱정을 통해서 변화시킬 수 있는 것은 아무것도 없어요. '우리가 얼마나 다른 생각을 가지고 살아왔는가'를 느낄 수 있다면 나를 이해하고 또 상대방을 이해하는 기회가 될 테니까요. 다만 여행지에 가서 그렇게 서로의 차이를 극명하게 느끼게 되었을 때, 스트레스를 받거나 불필요한 언쟁으로 치닫는 일이 없기 위해서는 여행을 처음 계획하는 그 순간부터 대화를 많이 하는 것이 정말 중요해요. 평상시에 어떤 스타일의 여행을 선호하는지, 이번 여행을 통해서 어떤 것을 추구하고 싶은지, 가장 좋았던 여행은 어떤 것이었는지 등등이요.

그리고 여행지에 갔을 땐, 일방적으로 어떤 사람이 리드하거나 매번 의견이 하나로 일치될 때까지 애쓰는 것보다는, 어떤 결정을 내릴 때마다 한 번씩 번갈아가며 원하는 대로 해주는 방식이 더 좋다고 생각해요. 서로 기분좋게 한 번씩 양보하다보면, 상대방의 기호도 더 잘 인정하고 기꺼이 받아들일 수 있게 될 테니까요. 만약 그조차 어렵다면, 여행은 그냥 혼자 다녀오시길.

결혼 직전에 발견한 그의 폭력성, 어쩌면 좋죠?

서른 살 여자입니다. 지난 5월쯤에 한 남자를 만났고 몇 번 만나지도 않은 채로 결혼하자는 말을 듣게 됐어요. 매일같이 이어지는 애정공세에 '아, 이 사람이 맞나보다' 하며 결정을 하게 된 것 같아요. 이제 다음달 말이면 결혼식입니다.

하지만 고민이 하나 생겼어요. 얼마 전 그의 친구들과 처음으로 인사를 나누는 자리였는데, 기분이 좋았는지 꽤 술에 취해 돌아가던 길에 행인과 부딪히고는 차마 입에 담을 수 없는 욕설을 하는 거예요. 택시를 타고 나서도 기사님에게 욕을 해대는 바람에 이만저만 곤란한 게 아니었죠.

그는 다음날 기억이 나지 않는다고 하며 앞으로 절대 취한 모습을 보이지 않겠다고 다짐을 했지만, 결혼 후에도 이런 모습을 본다면 너무 끔찍할 것 같아요. 두 달도 채 남지 않은 결혼, 이 사람을 믿어도 될까요?

이 문제에 대한 해답은 이미 이 사연을 보낸 당신의 마음속에 나와 있다고 생각합니다. 당신은 이미 직감적으로 느끼고 있어요. 이건 짧은 연애 기간 때문에 당신이 미처 발견하지 못한 그 사람의 특성이고, 이것이 당신을 괴롭게 만들 거라는 걸요. 만약 결혼 날짜가 잡혀 있지 않은 상황이라면, 당신은 이 남자와 당분간 만나긴 만나더라도 폭력적인 성향이 또 어떤 식으로 분출되는지 지켜보기라도 하려고 했을 거예요. 하지만 결혼이 목전에 있다는 것이 당신으로 하여금 합리적인 고민을 하지 못하게 하죠. 현실적으로 이미 너무 많은 사람들에게 결혼 이야기가 알려진데다 모든 일상이 결혼식을 향해 흘러가고 있는 상황에서, 그 흐름을 멈춘다는 건 당신을 둘러싼 많은 사람들에게 의아하고 부정적인 반응을 산다는 것을 의미하기도 하니까요. "결혼식 직전까지 갔다가 엎었다잖아~"라며 수군대는 입방아의 주인공이 되고 싶지 않은 마음도 있을 거고요.

하지만 어떤 결정을 내리든 이것만은 잊지 않았으면 좋겠어요. 당신은 어떤 누군가를 위해 결혼하는 것이 아니고, 오직 당신의 행복을 위해 결혼한다는 사실 말이에요. 상대방의 단점도 끌어안을 만큼 서로를 아끼고 신뢰할 수 있는 사람들이라 해도 수월하지 않은 것이 결혼생활이잖아요.

당신에게 물을게요. 당신은 술을 마시면 폭력성이 발현되는 사람을 아끼고 신뢰할 자신이 있나요? 그 사람과 행복할 자신이 있나요? 아, 앞으로 안 그러겠다고 했으니 괜찮을 거라고요? 술을 마시면 갑자기 돌변해 주먹을 휘두른 경험이 있는 사람은, 다음번에 술을 마셨을 때 또 주먹을 휘두르며 돌변할 수 있어요. 대부분의 가정폭력이 상습적으로 행해지는 것과 맞닿아 있는 이야기죠. 첫 폭력의 징후, 그건 수면 위에 떠 있는 작은 얼음덩어리 같은 것이라서 그 아래에 거대한 빙산을 숨기고 있을 거라고 생각합니다. 그가 "별거 아니야, 다신 안 그럴게"라고 이야기한다고 해서 그 아래에 느껴지는 거대한 폭력성이란 빙하가 없다고 스스로를 설득한다면 그 결정에 책임을 져야 하는 건 결국 당신이죠.

술만 안 마시면 괜찮은 사람이라고요? 어쩌죠, 세상엔 술을 마셔도 괜찮은 사람 또한 정말 많이 있는데. 굳이 그런 사람을 당신이 감당하겠다고 하는데 그걸 누가 말릴 수 있을까요. 결혼이 행복을 보장하진 않지만, 불행해질 가능성이 높은 결혼을 굳이 진행시켜야 한다는 의무 같은 것도 세상엔 없답니다.

그 사람 마음을 도무지 알 수가 없어요

저는 좋아하는 사람 앞에서 티를 많이 내는 편입니다. 그런데 요즘 제가 마음에 두고 있는 사람도 뭐랄까 제가 착각하게끔 하는 행동을 자주 합니다. 그도 저를 좋아하는 걸까요?

그저 착각하게끔 하는 행동이었을까요? 아니면 당신이 내보인 '좋아하는 티'에 나름대로 화답하는 행동이었을까요? 이미 주변을 맴돌면서 좋아하는 티를 많이 냈으면, "내일 저녁 같이 먹을래요?"라고 한 단계 더 다가서는 것도 당신 몫이죠. 갑자기 그 사람이 당신에게 뚜벅뚜벅 걸어와 "당신 맘이 뭔지 알아요. 오늘부터 사귑시다"라고 말해오는 일 같은 건 절대 절대 일어나지 않아요. 먼저 손 내미는 사람은 거절당하는 위험을 무릅써야 하지만, 이대로 아무 말도 하지 못하는 것보다는 그 편이 낫지 않을까요?

씀씀이가 헤픈 그녀, 제가 속이 좁은 건가요?

여자친구와는 입사동기로 처음 만났고, 그후 그녀가 이직을 하게 되면서 본격적으로 연애를 시작했습니다. 나이도 비슷하고, 생각도 비슷해 금세 친해지는가 했습니다.

하지만 문제는 그녀의 씀씀이가 저와 많이 다르다는 겁니다. 저는 꼭 필요한 것만 쇼핑하는 것이 좋다고 생각하는데, 그녀는 꼭 필요하지 않아도 갖고 싶으면 사는 편입니다. 한끼 밥값도 저는 일인당 1만 원 정도면 충분하다고 생각하는데, 그녀는 요즘 유명하다는 레스토랑엔 꼭 가보길 원합니다.

데이트 비용도 공평하게 내고, 그녀에게 카드빚이 있는 것도 아니지만, 솔직히 결혼도 생각하는 입장에선 '저렇게까지 돈을 써야만 하나?'라는 생각이 드는 것도 사실입니다.

시청 근처에 있는 회사와 가까우면서도 치안이 좋은 광화문의 작은 오피스텔을 구하려고 하던 때였어요. 오랫동안 만나온 친구가 월세 가격을 듣더니 "네 월급에 비해 그건 과소비야. 월세는 너무 아까우니 어떻게든 전세를 얻어야 맞지"라며 꾸지람하듯 이야기하더라고요. 나름 친한 친구였는데, 그때만큼 그 친구와 거리감을 느꼈던 적은 없었어요. 열심히 일해서 번 돈을 어떻게 쓸 것인가의 문제에 대해서 친구와 저는 아주 다른 생각을 갖고 있다는 것을 깨달은 사건이었거든요. 당시 수입의 절반 정도는 저축을 하고, 나머지 남는 돈에 대해서는 철저히 나를 위해 쓰자는 생각이었고, 치안이 좋은 동네의 쾌적한 집에서 휴식을 취하는 건 저에게 무척 중요한 부분이었는데, 친구는 오로지 수입과 지출이라는 효용 중심으로만 생각하고 싶어했던 것 같아요.

상황은 조금 다르지만, 두 분의 차이는 저와 제 친구가 함께 느꼈던 생각과 가치관의 괴리, 그 이상도 이하도 아닌 것 같습니다. 당신은 현재의 행복보다는 미래의 안정을 추구하는 쪽에 가까워 보이고, 반대로 당신의 여자친구는 미래의 안정을 위해 현재의 행복을 포기하지는 않겠다고 생각하는 쪽에 가까워 보여요. 물론 현재의 행복이든 미래의 안정이든, 둘은 사람이 지속가능한 행복을 추구하는 데 있어 모두 중요한 조건이죠. 현재 행복하기 위해서 미래를 방치할 수는 없는 일이고, 다가오지도 않은 미래를 위해서 현재의 행복을 희생하는 것도 어리석은 일일 테니까요. 어느 쪽이 더 중요하느냐, 어느 쪽을 포기하는 것이 옳으냐는 어리석은 질문은 우리 구태여 하지 말기로 해요.

다만 여기서 중요한 건 바로 두 사람의 태도일 겁니다. '나는 이것이 옳다고 생각했지만 너의 생각도 일리가 있고 나도 배울 점이 있어'라고 생각할 것인가, 아니면 '나는 이것이 옳다고 생각하는데 너는 어쩜 그렇게 생각하지? 와, 너 문제 있다'라고 생각할 것인가의 문제가 가장 중요한 거죠. 나와 경제적인 부분에 대해 다른 가치 체계를 갖고 있는 사람과 서로 존중하면서 둘의 이상적인 원칙을 만들어갈 것인가, 아니면 내 생각이 옳으니까 상대방을 어떻게든 내 생각과 같아지게 만들 것인가의 문제만이 중요해지는 겁니다.

당신과 똑같은 생각을 가진 사람을 만나 당신이 원래 가졌던 그 생각대로 살길 원한다면, 안타깝지만 당신과 그녀의 미래는 그리 밝지 않을 수도 있을 거예요. 당신은 '내가 옳고 그녀는 틀렸다'고 생각하고 있고, 그녀는 그저 자신의 수입 안에서 최대한의 행복을 누리려 했던 것으로 보이니까요. 한 사람이 추구하는 행복이 다른 한 사람에게 그저 '틀린 것'이나 '교화해야 하는 것'이 된다면 어떻게 그 두 사람이 함께 행복할 수 있겠어요? 두 사람이 경제적 공동체가 되는 결혼 관계라면 더더욱 힘들지 않을까요?

당신의 가치관과 조금 다른 생각으로 삶을 사는 사람을 사랑하고 있다면, '대체 왜 저러지?'라고 고민할 것이 아니라 당신의 불편한 느낌에 대해 툭 터놓고 이야기해야 할 때가 아닌가 싶어요. 솔직하게 당신의 걱정을 털어놓고 서로가 생각하는 이상적인 지출이나 미래상에 대해 이야기를 나눈 후에야 두 사람은 결국 결정하게 되지 않을까요? 상대방의 생각을 존중하고 생각이 넓어지는 기회를 만들지, 아니면 '역시 우린 안 되겠어'라며 포기할지를 말이죠. 당신의 선택은 어느 쪽인가요?

어차피 결혼하지도 않을 사람과 사귀면 뭐하나요?

여자친구와 사귄 지 3년쯤 된 이십대 초반의 남자입니다. 여자친구와는 여러 가지로 잘 맞는 편이고, 정말 많이 사랑하고 있습니다. 하지만 아직은 제 나이가 적은 편이다보니, 좀더 많은 이성을 만나 다양한 연애를 해보고 싶은 마음도 큽니다. 여자친구와 즐거운 시간을 보내다가도 '근데 어차피 이 사람하고 결혼할 것도 아닌데 이렇게 오래 사귀어봤자 뭐하지?'라는 생각이 듭니다. 이런 저, 너무 이기적인가요?

저 역시 당신의 나이 즈음에는, 많은 사람과 만나는 것이 나의 가치를 올려주는 일이라고 생각했어요. 그래서 한 사람과 연애를 하면서도 자꾸만 다른 사람에게 눈길을 돌리는 일도 많았지요. 익숙한 사람도 충분히 좋았지만, 새로운 사람을 만나 서로의 알 듯 모를 듯한 감정을 저울질하면서 조금씩 가까워지는 그 느낌이 좋아서였을까요. 지금 생각해보면 참 불안정하고 애매한 시간들을 지나온 것 같아요.

너무 조급해하거나 한 가지 결론을 빨리 내리려고 애쓰지 말아요. 원래 그 나이엔 그러기가 쉬우니까요. 몸은 성인일지 몰라도 '내 인생을 어떻게 살아야겠다'라든가 '나는 어떤 사람이다'라는 인생의 근원적 질문에 대해서 답을 내리기에는 너무 이를 수도 있는 것이니까요. 어쩌면 이 두 가지 근원적 질문에는 아무리 많은 경험치가 주어져도 쉽게 결론을 내릴 수 없어서, 우리들 중 많은 사람은 그 답을 죽을 때까지도 제대로 찾지 못하기도 하거든요. 가능한 많은 사람과 연애하는 것이 좋은 일인가, 한 사람과 깊이 있게 연애하는 것이 좋은 일인가에 대해서 결정 내린다는 것은, '앞으로 어떻게 살 것인가'라는 질문에 답하는 것과 그렇게 멀리 떨어져 있지 않다고 생각해요.

하지만 문제는 그렇게 간단하지 않습니다. 당신은 '관계'에 대해 고민하고 있는 것이고 이 관계에는 그녀의 입장과 시간도 포함되어 있으니까요. 3년이라는 긴 시간 동안 한 여자의 연인으로 지내온 남자에게서 "그런데 어차피 결혼할 것도 아닌데 사귀어봤자 뭐하지?"라는 말이 나온다는 것은 그 자체만으로 비극적으로 느껴집니다.

연애의 결말이 결국 결혼일 뿐이라고 생각하든, 연애는 그 자체로 귀한 의미가 있다고 생각하든, 저는 당신이 '어차피 헤어질 사람인데'라는 태도로 지금 곁에 있는 사람을 대하는 것만은 하지 않았으면 좋겠어요. 아무리 생각을 해보아도 역시 이십대엔 일단 많은 여자를 만나는 게 중요한 일이라고 생각된다면, 당신이 말한 것처럼 어차피 결혼도 안 할 거니까 일단 여자친구와 정리하고 자유로운 연애를 맘껏 즐기는 것이 방법일 것 같고요. 하지만 그저 여자를 많이 만나보고 싶은 당신에게, 얼마나 좋은 사람이 나타날진 모르겠습니다.

대놓고 외모를 지적하는 건 좀 너무하지 않나요?

사귄 지 6개월쯤 되어가는 남자친구와는 캠퍼스 커플입니다. 그러다보니 자연스럽게 편안한 모습도 서로에게 보여주게 됐습니다. 늦잠 자서 쌩얼로 학교에 오기도 했고, 도서관에서 엎드려 자다가 침 흘리는 모습도 보여줬네요.

문제는 그런 편한 모습에 대한 남자친구의 반응입니다. 언제부터인가 "쌩얼로 다니는 건 좀 그렇지 않나? 취업해도 그러고 다닐 거야?"라든가 "넌 허벅지 때문에 스키니진도 못 입겠다. 지금부터 관리 좀 해봐"라는 식으로 제 외모를 지적합니다. 상대가 좋으면 그 사람의 어떤 모습도 다 예뻐 보여야 하는 것 아닌가요? 남자친구에게 어떻게 항의해야 좋을까요?

왜 그는 머릿속에서 생각나는 대로 당신에게 거리낌없이 외모를 지적하는 이야기를 꺼내는 걸까요? 혹시 다른 사람들이 당신에 대해 별로 안 좋은 평가를 내릴까봐, 당신이 외모 때문에 차별을 당하기라도 할까봐 그랬을 수도 있겠네요. 우리 사회는 남들의 외모에 대해서 대놓고 평가하고, 그것을 바탕으로 차별하는 문화로부터 자유롭지 못하다보니 당신의 꾸미지 않고 관리하지 않은 것 같은 모습에 그런 걱정이 들었을 수도 있을 겁니다.

하지만 그렇다고 해도 그의 발언을 이해하고 받아들여야 한다는 의미는 아닙니다. 당신이 다른 사람에게 안 좋게 보일까봐 걱정한다고 말하지만, 사실 그 말의 속뜻은 '내가 보기에 별로이고 그렇다면 다른 사람도 너를 별로라고 생각할게 틀림없어'라는 것 아닌가요? 다른 사람 핑계를 대고 있지만 사실은 그냥 내 맘에 안 들고 내 눈에 거슬리는 거죠. 정말로 당신의 평판이 걱정될 정도로 당신을 마음속 깊이 신경쓰는 사람이었다면, 그 마음을 그런 표현으로 전달하지는 않았을 겁니다. 같이 운동을 하자고 제안하거나, 함께 드럭스토어에 가서 립밤 하나라도 골라주고 싶은 게 좋아하는 사람들끼리의 표현 방식이겠죠.

상대방의 외모에 대해 직설적으로 비난하고 타박하는 일이 애정 표현의 한 방법이라면, 저는 그런 애정 안 주고 안 받는 게 맞을 것 같습니다. 네, 당신은 그에게 항의하시는 게 맞습니다. "좋아하면 다 예뻐 보여야 하는 것 아니야? 어떻게 그렇게 말할 수가 있어?"라고 할 것이 아니라, "내 외모에 대해 이런 식으로 지적하지 않았으면 해. 가까운 사이라고 해서 무슨 말이든 다 해도 되는 건 아니야"라고 말이죠. 부당한 지적에 항의하고 당신이 생각하는 불쾌함에 대해 또렷하게 말하지 않는다면, 그는 걱정이라는 핑계로 당신에게 자주 상처 주는 말을 할 테니까요. 그의 경솔한 지적을 '정말 좋아하는데 어떻게 이럴 수 있는 건가?'라며 감정적으로 받아들이기보단, '나에게 매너를 지켜달라'라고 요구하는 것이 중요합니다.

그러나 마지막으로 당부 한마디. '사랑하면 어떤 모습이든 다 예뻐 보여야 하는 것 아닌가'라는 말엔 저는 동의하지 못하겠습니다. 뻔히 보이는 그 사람의 단점에도 눈을 감아주게 되고 그저 바라만 봐도 기분이 좋아지는 것이 사랑의 한 단면이기도 하지만, 그렇다고 해서 '사랑하는 사이니까 안 꾸민 모습으로 충분한 것 아닌가'라는 생각이 마냥 옳을 수만은 없으니까요. 더 나은 모습, 더 정돈된 모습을 보여주고 싶은 것 역시 사랑의 한 단면이 아닐까요?

사랑하는 사람이니까 안 꾸며도 예뻐 보이는 마음과, 사랑하는 사람이니까 더 잘 보이고 싶은 마음이 함께 공존할 수 있다면 가장 좋겠죠. 부디, 한 걸음씩 서로를 향하길 바랍니다.

어디 빠지는 것 하나 없는데 왜 저는 연애를 못하죠?

제 고민은 바로 연애를 좀처럼 시작하지 못한다는 겁니다. 친구들과 비교해봤을 때도 저 정도의 외모나 직장이면 어디 가서 전혀 빠지지가 않고, 성격 좋다는 소리도 많이 듣는데, 소개팅이나 선을 보러 나가면 처음엔 저에게 호감을 보이다가도 상대방측에서 슬그머니 거리를 두려는 것이 느껴집니다.
저는 그저 제가 남자니까 대화를 이끌고 가기 위해서 저에 대해 열심히 소개했고, 요즘 있었던 재미있는 이야기를 꺼냈던 것뿐인데, 다들 표정이 어두워집니다. 뭐가 문제일까요?

연애하고 싶고 사랑받고 싶었지만 지독히도 연애가 잘 풀리지 않던 이십대의 어느 날 저도 당신과 비슷한 고민을 했던 기억이 있어 당신의 사연이 유난히 남 일 같지가 않네요. 저 역시 당신과 비슷한 생각을 했었거든요. '난 그래도 멀쩡한 직장도 다니고 있고, 누굴 만나도 대화도 잘할 수 있고, 이 정도면 어디 가서 이상하다 소리 들을 외모도 아닌데, 왜 이렇게 나 좋다는 사람 하나가 나타나지 않을까' 이런 생각 말이에요. 또 한번은 그다지 빠지지 않는 어떤 한 남자가 저에게 한 번 더 만나보고 싶다며 애프터 신청을 했던 적이 있는데, 저는 그 남자와 다시 만나고 싶다는 생각이 조금도 들지 않더라고요. 중간에서 그 남자를 소개해주었던 친구는 그 정도면 충분히 괜찮은데 눈이 너무 높은 것 아니냐며 저를 이해하지 못하겠다고 말했고요.

하지만 저는 그때 깨달았어요. **누군가에게 매혹되는 일이란 상대방이 이것저것 두루 갖추고 있어서 일어나기보다는, 내가 정말로 원하는 어떤 요소 하나를 가진 사람에게 더 일어나기 쉽다는 것을요.** 이런저런 조건을 두루두루 갖춘 건 대규모로 신입사원을 뽑을 때나 필요한 요소이지, 내가 원하는 건 그저 내가 원하는 아주 매력적인 무엇이라는 거죠. 그저 '빠지지 않는 조건' 정도로는 누군가를 매혹시킬 수 없다는 겁니다. 내가 어딘가 부족해서 인연이 안 생기는 것이 아니라, 상대방이 중요하게 생각하는 무언가를 내가 갖고 있지 못했기 때문에 안 생긴다는 겁니다. 자신을 원망할 필요도 없고, 상대를 원망할 필요도 없을 것이고요. 그리고 소개팅처럼 상대방의 조건을 먼저 알게 되는 뻔한 방식으로 사람을 만나기보단, 당신이 정말로 행복과 즐거움을 느끼는 장소에 가서 취미를 즐기거나 사람들과 관계를 넓혀보는 게 나을 겁니다.

그리고 당신이 꼭 기억해야 하는 것 한 가지는, 누군가와 대화를 할 때의 태도에 관한 것이에요. '내가 남자니까 그래도 대화를 리드해야 좋아하지 않을까'라든가, '열심히 이야기하면 나에 대해 호감을 갖지 않을까'라는 생각들은 모두 대화의 기본에 대해서 잘 모르기 때문에 할 수 있는 생각이에요. 대화가 잘 통하고 그 과정을 통해 서로에게 호감을 갖기 위해선,

단지 자신에 대해 열심히 설명하는 것으론 충분하지 않습니다. 아니, 오히려 자기 자신에 대해 설명하는 데만 급급하다면 상대방은 당신에 대해 더 불편함을 느낄 수도 있죠. 특히나 서로 잘 알지 못하는 사람끼리 거리감을 좁히기 위해 하는 대화는 나 위주의 일방적인 것이어서는 절대 곤란하며, 상대방과 마치 즐거운 핑퐁 게임을 하듯 해야 합니다. 대화를 리드하고 자신에 대해 이야기해야 한다는 강박을 버리고, 자신에 대해 이야기한 뒤에는 상대방도 자기 스스로에 대해 이야기할 수 있도록 '좋은 질문'을 건네는 것이 매우 중요합니다. 특히 그 사람이 조금이라도 관심 있어하는 주제에 대해 유쾌하고 관심 어린 질문을 건네는 것이 좋겠죠.

자기 자신에 대해서 즐겁게 이야기할 수 있는 기회와 편안한 느낌을 주는 사람에게 호감을 느끼지 않을 사람이 있을까요? 대화에 공백이 생겨서는 안 된다는 생각 때문에 대화를 이끌어가려고 시종일관 혼자 떠드는 방식으로는, 그 어떤 사람에게도 호감을 얻기란 힘들 겁니다.

서른이 되어도 연애하고 싶지 않은 나, 비정상인가요?

주변을 보면 다들 연애 때문에 고민이 많던데, 저는 오히려 그 반대입니다. 도무지 연애하고 싶은 생각이 들지 않아요.

사실 대학에 다닐 때까지만 해도 여자에 대한 관심이 꽤 있었습니다. 하지만 말주변이 없어서인지 연애의 시작이 쉽지만은 않았고, 그 때문에 이렇다 할 연애 한번 해보지 못한 채로 사회인이 되었습니다. 2년 가까이 직장생활을 하고 있는데 야근이 잦고 피곤이 쌓여, 주말엔 자기 바쁘니까 더 연애하기 어려워지는 것 같기도 합니다. 하지만 가장 큰 문제는 제 스스로 연애의 필요성을 크게 느끼지 못한다는 거예요. 언젠가 결혼은 해야 할 텐데, 어쩌면 좋죠?

가장 큰 문제는 지금 당신은 '귀찮다, 피곤하다, 그런데 불안하다'라는 감정의 부정적인 연결고리 안에서 쳇바퀴를 돌고 있다는 겁니다. 자신이 원하는 대로 살고 있다는 생각이 들지 않는데, 어떻게 자신에 대해 긍정적인 감정을 가질 수 있겠어요? 하지만 너무 괴로워하지 마세요. 어쩌면 이런 부정적인 상황 속에서, 오히려 당신이 정말로 원하는 삶의 모습을 더 치열하고 또렷하게 고민해볼 수 있을지도 모르니까요.

다만 집중해야 할 것은 오직 한 가지 주제, '나는 행복한가?'입니다. 그리고 '나는 어떻게 해야 행복해질 것인가'도 중요합니다. 남들이 떠드는 행복이 아니라, 정말 내가 원하는 행복의 전제조건을 찾아 나가는 일은 어쩌면 당신의 그런 불안 속에서 더 또렷하게 해줄지도 몰라요. 피곤하니까 에라 모르겠다 하며 애초에 사람을 안 만나려 하는 일도, 다들 결혼하니까 나도 당연히 결혼해야지 하고 생각하는 일도, 적극적으로 자신의 행복의 조건을 찾아 나가는 일과는 거리가 멀죠. 사람을 만나는 일은 행복하면서도 고통스러운 일이고, 그 속에서 모든 게 원하는 대로 되지만은 않겠지만, 적어도 누굴 만나든 만나지 못하든, 적어도 나는 내가 행복을 느끼기 위해 노력했다고 말은 할 수 있어야 하는 거죠. 자신의 행복의 핵심에 다가서지 못한다면, 남들이 아무리 나를 좋게 평해도 그건 의미가 없는 일이니까요.

당신에게 지금 가장 필요한 건 바로 모든 가능성을 열어두는 일입니다. 귀찮다는 이유로 사람들을 만날 기회를 굳이 걷어차지도 말고, 남들이 다 그렇게 산다는 이유로 결혼에 대한 강박을 갖고 지내지도 말아야 해요. 지금 당신은 '연애는 하지 않겠다!'며 그 가능성을 닫아놓았으면서 '결혼은 언젠가 꼭 해야 한다!'고 결론을 정해두었죠. 아직 제대로 과정을 경험하지도 못했는데 미리 결론을 정해놓는 것만큼 재미없고 무신경한 일이 또 어디 있을까요?

당분간 지금하고 특별히 달라질 건 없겠지만, 적어도 '어떤 일이든 일어날 수 있다'고 생각하는 것만으로 당신의 불안은 상당히 줄어들 겁니다. 그리고 그렇게 당신의 마음이 편안해져야, 당신을 발견한 어떤 사람도 마음 편히 당신 곁에 머물 수 있을 거고요.

부디, 행복해지기 위해 애쓰길 바랍니다. 남들처럼 살려고만 하기엔, 삶이 정말이지 너무 짧아요.

주말마다 술집에 가는 여자친구가 신경쓰입니다

네 살 어린 여자친구와 6개월째 연애중입니다. 저와 많이 다르지만 바로 그렇게 다른 모습에 반해서 연애를 시작했어요. 아는 사람도 많고, 에너제틱하고, 또 새로운 사람들을 만나기 좋아하고요.

그런데 솔직히 그런 모습이 요즘 점점 부담으로 다가옵니다. 여자친구는 주말이면 친구나 지인들과 핫한 라운지나 바 같은 곳에 가곤 합니다. 저와 저녁시간까지 보낸 뒤에 꼭 약속을 만들어 다시 나가는 식이죠. 그냥 조용히 주말을 보내기엔 시간이 너무 아깝다나요.

여자친구는 별일 없을 테니 절대 안심하라고 이야기하지만, 솔직히 그렇게 술 마시고 작업하려는 남자들이 넘쳐나는 곳에 여자친구가 주말마다 간다는 게 맘이 편치는 않습니다. 그냥 가지 말라고 할 수도 없고. 전 어떻게 해야 할까요?

이 문제의 핵심은 두 사람이 각자의 중요한 시간을 대하는 태도가 너무 상반된다는 것에 있어요. 한 사람은 새로운 사람들을 만나서 가벼운 교류를 나누는 것에 가치를 두고 있다면, 다른 한 사람은 그런 일들에 대해 별로 가치를 두고 있지 않는 듯 보이거든요. 경제적 대가가 주어지지 않는 시간을 어떻게 활용할 것인가의 문제는 결국 '나는 무엇에 가치를 두고 살고 있는가'라는 문제와 맞닿아 있어요. 그렇기에 두 사람은 지금 그저 주말을 따로 보내는 것을 넘어서 삶에 있어 중요한 것이 무엇이라고 생각하는지에 대해 아주 많이 다른 생각을 갖고 있을 수도 있다는 거죠. 지금은 그저 주말에 클럽을 가느냐 마느냐의 문제로 작게 부딪힐지 모르지만, 가까운 미래에는 더 치명적인 문제로 서로를 비난하게 될지도 모릅니다.

그리고 당신은 이미 그녀가 있는 장소를 '술 마시고 작업하려는 남자들이 넘쳐나는 곳'으로 규정하고 있지만, 글쎄요, 그녀는 절대 그런 단어들로 그 장소를 규정하려고 하지 않을 걸요? 처음엔 상대방의 색다른 모습이 매력적으로 다가오지만 결국 나와 다른 모습을 계속 발견하게 되면서 불평불만이 늘어나는 건, 어쩌면 나에게는 생경한 방식으로 쾌감과 행복을 찾는 상대방에 대한 모종의 질투는 아닐지 잠시 생각해보게 되는 대목입니다.

물론 마음에 드는 이성에게 얼마든지 말을 걸 수 있는 장소, 술을 마시고 낯선 남녀들이 서로 교류할 분위기가 되어 있는 장소에 자주 가는 것 자체는 분명히 당신 입장에서는 신경이 쓰이는 일이긴 하겠죠. 누구라도 이 문제로부터 아무렇지 않을 수는 없을 겁니다.

그러므로 그저 솔직하게 당신의 불안에 대해 털어놓는 것은 어쩌면 가장 좋은 해결책이 되어줄 수 있을지 모릅니다. 그녀에게 "넌 꼭 그렇게 술 마시러 다녀야만 속이 편하느냐"고 말하며 비난하는 것보다, "솔직히 너를 잃어버릴까봐 겁이 나"라고 자신의 속내를 꺼내 보이는 것이 훨씬 솔직한 대화법일 테니까요. 그런 불안한 마음을 그녀가 적절히 수용하고, 서로에게 한 발짝 더 가까이 신뢰를 줄 수 있는 쪽으로 상황을 만들어가보는 경험 역시, 두 사람의 관계를 더욱 끈끈하게 해주리라 믿어 의심치 않고요.

처음부터 내 맘대로 움직여주는 사람이 어디 있겠어요? 부드럽고 솔직한 컴플레인으로, 이번 고비를 잘 헤쳐갔으면 좋겠네요.

어떻게 하면 상처 주지 않고 헤어질 수 있을까요?

우연히 친구들의 모임에서 만난 그와 눈이 맞았습니다. 처음 불타오를 땐 좋았는데 슬슬 어긋나는 느낌이 들어요. 하지만 그와의 섹스가 너무 좋아서 그만 만나자는 말을 하는 것이 고민됩니다. 상처 주지 않고 밀어낼 수 있는 방법은 없을까요?

섹스는 잘 맞지만 성격이나 취향이 그다지 맞지 않는다면 아마도 만나는 시간 내내 행복하다는 느낌을 받기 힘들었겠군요. 밀어내고 싶다면 밀어내야죠. 하지만 먼저 밀어내면서 상처 주지 않는 방법까지 생각할 필요가 있을까요? "생각해봤는데 우리는 잘 맞지 않는 것 같아" 한마디면 충분하죠. 당신이 '섹스는 맞지만 자꾸 어긋나서 싫어'라고 생각한다면 그도 당신에 대해 비슷한 생각을 할 가능성이 매우 높아요. 슬슬 어긋나는 느낌을 견디지 못하고 별다른 노력도 하지 않은 채 헤어짐을 생각하는 당신에게 그가 운명적인 사랑을 느끼고 있을 리가, 글쎄요. 있을까요?

자기가 원하는 대로 옷을 입지 않으면 불같이 화를 내요

지난 2년 동안 저는 긴 바지, 무릎 아래로 내려오는 치마, 염색 안한 검은 생머리로부터 벗어나본 적이 없답니다. 한번은 유행하는 핫팬츠를 입고 남자친구를 만나러 나갔더니 정말 불같이 화를 내길래 결국 옷을 사서 갈아입기까지 했죠. 자기는 하고 싶은 스타일대로 다 하고 다니면서, 저에게는 보수적인 기준을 강요하는 남자친구, 이거 문제 있는 거 맞죠?

맙소사. 그는 당신이 자유의지를 갖고 있는 독립적인 인격체라는 생각을 충분히 하지 않는군요. 그가 당신에게 지금 보이고 있는 행동을 보세요. 이건 마치 인형놀이의 한 장면을 보는 듯 아찔하기까지 합니다. 핫팬츠를 입든 가슴 라인이 훅 파인 슬리브리스를 입든 그건 개인의 자유이고 개인의 취향입니다. 설사 어떤 사람들이 안 좋은 시선으로 그 사람을 흘깃댄다면, 그렇게 이상한 눈으로 바라보는 사람들이 더 비난받아야 하지 않나요?

　물론 시간과 장소에 맞는 옷차림을 해야 한다는 사회적 룰이라는 게 존재하지만, 과하게 뛰어넘지 않는 이상 그저 노출의 정도만으로 누군가를 속박하는 일이 정당화될 수는 없습니다.

그러니 단호하게 주장하세요. "너가 뭐라고 생각하든, 나는 내가 원하는 대로 옷을 입을 자유가 있는 사람이야"라고 말입니다. 스타일 문제가 아니라 자유의지에 대한 비존중의 문제로 프레임을 바꾸는 순간, 그는 이것에 대해 진짜 속마음을 밝혀야 하는 순간이 오겠죠.

아무리 당신에게 친절한 얼굴로 옷을 골라준다고 한들, 그는 당신의 자유의지를 억압하는 사람이며 당신이 다른 사람과 교류하는 것 자체를 불편하게 생각할 가능성이 높은 사람이니까요. 단호하게 물어보고, 그후에 현명하게 판단하는 것이 지금 당신에게 주어진 가장 중요하고 큰 숙제가 아닐까요.

첫 경험을 앞두고 있습니다

대학 새내기입니다. 여자친구는 한 살 연상이에요. 제겐 요즘 새로운 고민이 생겼습니다. 여자친구와의 첫 경험 때문인데요. 아무래도 제가 남자이니만큼 여자친구와의 스킨십을 리드하고 싶은데, 저는 이번이 첫 연애라 그리 쉽지 않을 것 같습니다. 솔직히 전남자친구와 저를 비교할 것 같아서 적잖이 걱정도 됩니다.
어떻게 하면 제가 그녀와의 관계를 잘 리드할 수 있을까요? 그리고 제가 더 멋지게 잘해내기 위해서 어떤 점을 기억해야 할까요?

'내가 남자니까 리드해야 한다'라는 생각을 버리는 것이 지금은 가장 중요해요. 남자니까 리드해야 한다는 법칙 같은 건 세상에 없어요. 산에 올라본 적이 없는 사람이 왜 산에 한 번이라도 올라본 적 있는 사람보다 앞장서야 한다고 생각하나요? 이 사람과 누구보다 친밀하게 몸으로 대화하고 싶다는 생각이 들었을 때 그저 자연스러운 몸짓을 보여주세요. 그럼 그녀도 어떤 식으로든 반응하겠죠. 아주 천천히 평소보다 조금 진하게 스킨십을 진행해가되, 강렬한 눈빛을 보내며 당신이 원하는 그것이 뭔지 제대로 말하는 것을 추천해요. 수차례 연애해본 사람들에게는 조금 수월해졌을 이 순간들이 지금 모든 게 처음일 당신에게는 결코 수월하지 않은 일일 것이기 때문이죠. 서로가 그저 분위기나 몸짓으로 모든 걸 간파하기보다는 "하고 싶어" 그 한마디로 명쾌하게 의사를 전달하는 편이 좋을 겁니다.

그리고 어쩔 수 없이 궁금하고 또 의식은 되겠지만, 그녀의 전남자친구의 존재를 떠올리면 떠올릴수록 당신만 괴로워질 겁니다. 서로에게 첫번째 상대가 되었다면 그 나름대로의 로맨틱함이 있었을지 모르지만, 상대방이 나를 만나기 전에 경험한 관계에 대해 강박적인 생각을 갖는다면 지금의 관계에 하나도 좋을 것이 없죠. 상대방을 온전하게 사랑한다는 것은, 지금 나를 선택한 그 사람을 그대로 존중해야만 가능합니다. 현재의 내 연인을 눈앞에 두고 그 사람의 과거 인연에 집착하는 것처럼 사랑의 본질에 위배되는 일도 없죠. 얼굴도 모르는 사람에게 경쟁의식을 갖는 걸 멈출 수 없다면, 당신은 그녀를 제대로 사랑하는 게 아닐 거예요. 그러니 어쩌면 관계를 갖지 않는 편이 낫겠죠.

모든 관계의 핵심은 '두 사람의 마음이 모두 무르익었고 둘 다 100% 동의를 했을 때 할 것, 그리고 그 행동에 대해 물리적, 심리적으로 책임을 질 것'입니다. 그게 어른의 일이고, 어른의 만남이죠. 이 새로운 '만남'을 통해, 좋은 추억이든 아쉬운 기억이든 남을 것이고, 또 당신은 어떻게든 성장할 겁니다. 너무 걱정 말아요.

뜨겁고 빠른 심장으로 시작해
서늘하고 느릿한 심장으로 끝나는,
사랑이란 마치 삶처럼 느껴져.

다시 숨쉬게 될 날이 올까.
이런 나에게도.

사랑이 끝나고 나니 너무 허전하고 허무해요

정말 다시 이렇게 사랑할 수 있을까 생각할 정도로 한 남자를 뜨겁게 사랑했어요. 하지만 도대체 무엇이 문제였을까요. 헤어지기 세 달 전쯤부터 분위기가 좋지 않았어요. 그는 갑자기 회사로부터 권고사직 통보를 받았고, 그 와중에 저는 회사일 때문에 스트레스를 많이 받으면서 점점 더 사이가 멀어졌죠. 살면서 좀 힘든 일이 있었다는 이유만으로 뜨거웠던 사람과 헤어질 수 있다는 것이 너무 슬퍼요.

사랑이 끝난 후의 이 허전함과 허무함을 어떻게 감당해야 하는 걸까요? 저는 다시 새로운 사랑을 만날 수 있을까요?

너무 자책하지 마세요. 이별이 꼭 누군가의 과오나 잘못 때문에 일어나는 것만은 아니잖아요. 참 좋은 시기를 함께 보냈지만, 계속 함께 가기에는 인연이 다한 것이라고 생각하면 어떨까 싶어요. 각자 뚜벅뚜벅 걸어오던 길 위에서 만났고, 그 길이 교차하는 구간 동안 함께 걸었지만, 서로 다른 목적지를 향해 걸어가던 사람이라는 걸 알았다면 이젠 놓아주는 수밖에 없는 거죠. 힘든 일을 경험했을 때 더 신뢰와 친밀감이 강해지는 사이였다면 좋았겠지만, 힘들어지니 바로 손을 놓게 되는 관계라면야 정말로 이렇게 헤어지는 것이 자연스러운 일 아니었을까요. 너무도 좋아했던 사람이었지만 제가 먼저 떠나보내야만 했을 때 제가 했던 말이 있어요. "너와 나는 갈 길이 다른 것 같다. 놓아줄 테니 잘 가라." 갈 길이 다른 사람을 붙잡지 않고 잘 놓아준 것만으로 당신은 중요한 인생의 진실을 안 사람이 되었는지도 몰라요.

자, 그럼 이제 당신은 무엇을 해야 좋을까요? 헤어진 당신이 지금부터 해야 할 가장 첫번째의 일, 그건 충분히 슬퍼하는 것입니다. 슬픔이 밀려오면 그 슬픔을 기꺼이 맞닥뜨리세요. 밥 먹다 울음이 나오면 그냥 울어버려요. 원망하는 마음이 들면 그 사람에 대한 원망을 잔뜩 연습장에 적으며 화가 난 감정도 다 표현해보세요. 잘해주지 못한 것이 생각나 서러울 땐 이해심이 깊은 친구를 붙잡고 이야기도 해보시고요. 마음속 가장 깊은 곳까지 남아 있는 그 사람에 대한 감정을 당신이 다 표현하고 토해낼 때쯤 지친 마음도 한결 회복될 것이기 때문이에요. 슬픔을 애써 참으려고 하기보다 자신의 감정을 인정하고 그것을 표현하는 경험을 해보았으면 해요. 혼자서 자신의 감정을 명료하게 맞닥뜨리는 시간이 빠르면 빠를수록, 이별의 상처를 빨리 극복할 수 있을 겁니다.

그리고 그렇게 혼자만의 시간을 충분히 보내는 동안, 지금까지 남자친구와 만나느라 더 깊이 누리지 못했던 많은 것들을 경험하는 시간을 가져보세요. 아름다운 시와 소설들, 혼자만의 산책길…… 좀더 용기를 내서 혼자 여행을 가보는 것도 좋겠죠. 둘이 함께였기 때문에 포기해야 했던 것들이 분명 있지 않았을까요. 혼자로 돌아간다는 것은, 단지 그 사람이 없을 때도 씩씩하게 잘 지낸다는 것을 넘어 본래의 내가 누구이고 무엇을 좋아하는 사람인지 다시금 깨닫게 되는, 나와의 화해이고 만남의 과정이기도 합니다.

　사랑하는 사람을 지키지 못했다는 자책감과 순식간에 끝나버린 연애에 대한 허무함이 당신을 힘들게 하겠지만, 지금 이 시간이야말로 어쩌면 오랫동안 미뤄두었던 '나와의 만남'을 시작하기에 가장 좋은 때라는 것도 기억했으면 해요.

온갖 핑계로 밀어내더니 잊을 만하면 다시 찾아요

지인들 모임에서 만나 한눈에 반해버린 남자가 있었어요. 그는 서울에 있고, 저는 지방에 있어 두 달 동안 직접 만나지는 못했고 연락만 많이 했죠. 두 달 만에 첫 데이트를 하고 나서, 그는 사귀자는 말 같은 건 하지 않았지만 저를 좋아한다고 했어요. 그런데 갑자기 "장거리라서 힘들다" "첫사랑을 잊지 못하겠다" "나는 연애를 할 때가 아닌 것 같다"며 슬슬 연락을 뜸하게 하더라고요. 그래서 저도 마음을 접고 꾹 참았는데, 문제는 그후로도 가끔 한 번씩 술을 마시고 자꾸 연락을 한다는 겁니다. 전 그 연락을 거절하지 못하고요.
왜 저는 이런 대접을 받고도 계속 그 사람을 기다리고 있는 거죠? 먼저 연락하기도 두렵고, 이대로 지내기엔 너무 힘듭니다.

좋아한다고 그저 입으로 말하는 건 너무 쉬운 일이죠. 중요한 건 그 이후의 행동 아닐까요? "난 당신과 사귀고 싶어요. 근데 당신도 나랑 사귀고 싶어요? 그럼 낮에 맨정신일 때 연락해요!"라고 단호하게 말해보세요. 맨정신에 연락할 의지나 용기가 없는 남자에게 너무 많이 기대하지는 마시고요.

나도 모르게 폰섹스에 중독된 것 같아요

스물다섯 살 여자입니다. 저는 성욕이 강한 편이에요. 그리고 그때마다 전화로 푸는 편이고요. 나를 모르는 남자와의 폰섹스로요. 그런데 폰섹스로 만나는 남자들은 저를 막 대한다는 느낌이에요. 그들은 나를 노예라고 부르고, 저는 그들을 주인님이라고 부르죠. 처음엔 이상하게 들렸지만 점점 그런 말들에 흥분하고, 더 잘 보이려는 저를 발견하게 돼요. 폰섹스가 끝난 후에는 뭐랄까, 제가 평범한 다른 사람들과 달리 좀 하찮게까지 느껴져요.
전 그냥 당당하고 멋진 사람이고 싶은데, 어떻게 해야 할까요? 성욕을 풀면서도 당당하게 사는 방법을 알고 싶어요.

전화선 너머에서 들려오는 낯선 남자의 목소리에 몸을 맡기는 것, 아마도 그건 스스로 성욕이 강하다고 생각하는 당신이 자신을 드러내지 않고도 어쩌면 가장 안전한 방법으로 섹스를 경험하는 방법이었을 거라는 생각이 드네요. 폰섹스가 좋은 거냐, 노예 운운하다니 변태 아니냐, 이런 질문들은 지금 사실 소용없어요. 중요한 문제도 아니고요.

다만 지금 당신이 경험하고 있는 이 상황이 당신에게 별로 좋지 않은 영향을 끼칠 것 같아 그 점이 걱정스러워요. 폰섹스가 성욕을 해소할 수 있는 방법으로 자신이 선택한 것이라고 믿고 있겠지만, 정말로 자신을 위한 선택이라면 그것이 끝난 후에 자존감이 떨어진 듯 느껴지진 않았을 테니까요. 전화기를 든 건 당신일지 몰라도, 당신은 이 관계에서 주체가 아니라 그저 그 남자들에게 아무것도 아닌 '성적 대상'으로 소비되고 있을 뿐이에요. 당신이 그 남자들을 그렇게 이용하듯 말이에요. 상처받을 각오를 하고 전화기를 내려놓지 않는다면 스스로에게 당당한 사람으로 남기란 어렵겠죠.

누군가를 실제로 만나 섹스를 해도 당신은 그 자체로 당신이에요. 얼굴도 모르는 남자와 가장된 흥분을 즐기는 것보단, 당신이 정말 빠져들 수 있는 그런 남자를 만날 수 있기를. 폰섹스는 그후에 해도 늦지 않아요

왜 저의 연애는 항상 순식간에 끝나버리는 걸까요?

몇 번의 연애 경험이 있는 이십대 초반의 여성입니다. 문제는 제 연애가 너무 순식간에 끝난다는 겁니다. 한번은 남자친구가 바람을 피워 끝이 났고, 한번은 남자친구가 전여자친구에게 돌아가버렸어요. 제가 여자로서 매력이 없는 걸까요? 남자들은 왜 그렇게 한순간에 마음이 변하는 걸까요? 어떻게 해야 오래 만날 수 있는 걸까요?

이십대 초반이라는 나이란 참 묘한 것 같아요. 지난 사람들은 모두 그리워하는 나이인데, 정작 당사자는 가장 힘들어하며 그 시기를 지나니까요. 그렇게 좋은 나이인데, 왜 이토록 힘든 걸까요? 저는 그것이 어쩌면, 어떻게 살아야 하는 것인지에 대한 고민이 가장 선명하게 생겨나는 시기라서 그런 것은 아닐까 생각해보게 돼요.

처음엔 타오르던 사랑이 순식간에 사라져버리는 일을 이해할 수 없다고 했죠? 그게 내 매력의 부재 때문인지 의심스럽다고 하셨죠? 제발, 스스로를 자책하지 말아요. 당신에게 매력이 없었다면, 애초에 왜 당신에게 반했겠어요? 당신을 떠나간 사람들은 그저 스스로의 행복을 위해서 떠나간 것이고, 당신과 오래갈 인연이 아니었을 뿐입니다. 어떻게 살아야 할지 잘 모르겠는 이십대 초반의 남자와 스스로를 매력 없는 사람이라고 생각하는 이십대 초반의 여자가 만났는데, 그 관계가 진중하게 오래간다면 그게 더 신기한 일이 아니겠어요?

기억하세요. 남자들의 마음이 쉽게 변하는 것이 아니라, 그저 그 남자들도 혼란스러운 상태였을 뿐이라는 것을요. 바람을 피웠든, 전여자친구에게 돌아갔든, 그건 그저 드러난 모습일 뿐 그 사람들은 그저 자기에게 최선인 선택을 했던 거예요. 모든 것을 내 탓으로 돌리며 십자가를 지려 하지 마세요.

다만 다시 앞으로 돌아가, 당신에게 꼭 전하고 싶은 이야기가 있어요. 어떻게 하면 오래가는 연애를 할 수 있을지 궁금해하셨죠? 오랫동안 한 사람과 깊은 사랑을 나누게 되기 위해 필요한 것은 많지만, 지금 당신에게 필요한 건 스스로가 '오래 갈 만한 사람이 되는 것'이라고 생각해요. 그 어느 누구도 불안함에 지배받고 있는 사람을 오래 곁에 두고 볼 수는 없을 것이거든요.

헤어질 때 헤어지더라도, 한 번이라도, 씩씩하게 나답게 연애해보자, 라고 생각하고 만남을 시작해보세요. 어차피 죽는다는 걸 알면서도 우리가 하루를 열심히 살아내듯이, 언제든 헤어질 수 있다는 것을 인정하는 순간 오히려 연애를 둘러싼 모든 것이 명쾌해질 거라 믿어요.

저도 갑의 사랑을 하고 싶어요

연이어 세 번의 연애를 하고 2년 정도 쉰 뒤에 얼마 전 네번째 연애를 시작했어요. 제 고민은 연애를 시작하고 나면 사랑받으려고 애를 많이 쓴다는 겁니다. 평상시 친한 친구들과 함께 있을 때는 자연스럽게 제 모습대로 행동하곤 하는데, 애인에게는 힘들다는 이야기를 하지 못하는 거죠. 속마음을 전혀 이야기하지 않으니 상대도 답답해하는 게 눈에 보이더라고요.
솔직하고 당당하게 연애하는 방법, 더이상 사랑의 을이 되지 않는 방법을 알려주세요.

세 번의 연이은 연애 이후 2년 정도 연애를 쉬면서, 아마도 다음번의 연애는 좀더 잘해봐야겠다는 생각을 하게 되었던 건 아닐까요? 그러다보니 관계에 조금이라도 부정적인 영향을 끼칠 수 있는 건 몸을 사리고 피하게 되는 거고요. 스스로 생각하기에도 사랑받으려고 애를 많이 쓰는 것 같다고 하셨죠? 사실 사랑받으려고 애쓰는 마음의 뒤편에는, 버림받고 싶지 않다는 강렬한 욕망이 존재해요. 하지만 사랑받기, 버림받지 않기 같은 것이 어디 내 맘대로 가능한 일이던가요. 상대방의 마음이 내 맘과 같지 않다면 언제든 깨어지는 꿈에 불과한 일일 뿐인데요. 버림받고 싶지 않다는 욕망은 당연한 것이지만,

그 욕망이 너무 커져버리면 오히려 불안에 잠식당하게 되고, 그렇게 자꾸만 불안해하는 사람은 오히려 사랑받기가 어렵죠. 누구도 스스로를 초라하게 생각하는 사람과 사귀고 싶지는 않으니까요. 버림받고 싶지 않다는 강렬한 욕망이, 오히려 더 빨리 버림받게 만들어버리죠.

지금부터라도 마음속에 있는 이야기를 그에게 하나씩 털어놓는 연습을 해보세요. 오늘 하루 중에 힘들었던 이야기를 짤막하게 정리해서 이야기해도 좋고, 그에게 "아니야"라고 말하고 싶었지만 그러지 못했던 것에 대해 용기를 내서 말해보는 것도 좋겠네요. 처음엔 힘들겠지만 조금씩 일상을 열어 보이고 그렇게 내 생각을 전하는 연습을 통해서 진짜 나답다고 느끼는 모습이 무언지 조금씩 스스로 이해하게 될 거예요. 부정적인 이야기든, 평소에 꽁꽁 숨겨놓고 하지 않았던 이야기든, 그렇게 풀어놓았는데도 별다른 일이 일어나지 않는다는 걸 당신이 확인하게 되었으면 좋겠네요. 또, 그 사람이 그런 것이 가능하게 하는 사람이었으면, 정말 좋겠네요.

믿음이 깨졌는데도 그를 놓지 못하고 있습니다

제 인생 첫번째 남자와 4년째 만남을 이어가고 있는 중입니다. 그의 화목하지 않은 집안 분위기와 어려운 경제 상황까지 모두 감싸안을 만큼 열렬히 사랑하고 헌신했지만, 헌신하면 헌신짝 된다는 말을 실감했네요.

친구들과의 모임에서 귀가 후 잘 도착했다고 전화까지 넣어주고 일찍 잔다던 그가 새벽 3시에 실수로 통화 버튼을 잘못 눌렀는지 저에게 전화가 왔더라구요. 왁자지껄한 분위기, 시끄러운 음악 소리……. 저는 크게 화를 내고 이별을 고했습니다. 바람을 피우고 안 피우고는 둘째치고 믿음이 깨졌기에 더이상 관계가 지속되기 어렵다 판단을 내린 거죠.

하지만 얼마 못 가 먼저 연락해서 다시 만나고 있어요. 머리로는 진짜 말도 안 되는 일이라 생각하면서 대체 왜 이러는지 저도 정말 제 자신이 한심하기까지 하네요. 믿음은 깨질 대로 깨져서 엄청 집착하게 되고 감정 소비가 너무 심해서 지치는데, 저는 왜 아직도 이 남자 옆에서 안정을 바라고 있는 걸까요. 너무 답답합니다.

집에 잘 도착해서 잔다고 해놓고 술자리에 있었던 것이 발각된 거네요. 그런데 단지 그 전화 하나로 내가 '헌신짝'이 되었다고 결론짓는 건 조금 성급한 일 아닌가 하는 생각이 드는데요? 친구들과 놀고 싶긴 한데 상대방이 걱정할 것이 뻔하기 때문에 거짓말을 했을 수도 있잖아요. 정말로 다른 여자와 무슨 일이라도 벌어진 것인지 확인해보고 '헌신짝'인지 아닌지 판단해도 늦지는 않았을 거예요. 물론 사소한 거짓말도 쌓이다 보면 둘의 관계에 악영향을 끼칠 수 있으니까 확실한 경고는 해주어야 하겠지만, 자초지종을 듣기도 전에 4년간의 믿음이 송두리째 망가졌다고 이야기하는 건 지나치게 감정적인 반응이라고도 생각하고요. 단 하나의 거짓도 없어야 진실한 사이라고 당신은 믿고 싶겠지만, 완전무결하게 사소한 거짓말조차 하나도 없는 관계라는 게, 글쎄요. 정말 가능할까요? 저라면, 정말 화는 많이 나겠지만 섣불리 헌신짝 운운하진 않을 거예요. 그 사람이 실수하기를, 내게 거짓말하기를, 기다린 것이 아닌 이상 상황을 알아볼 여유 정도는 서로에게 주려고 했을 겁니다. 정말로 무슨 일이라도 있었다면, 헤어질지 말지는 그때 판단하면 되는 것이니까요.

사실 제가 더 안타까운 건 다른 부분이에요. 믿음이 깨졌고 더이상 관계가 지속되기 어렵다는 판단을 내렸으면서도 당신이 그를 놓지 못한다는 것 말이에요. 당신은 믿을 수 있는 사람과 연애하는 것보다, 믿을 수 없는 사람이라 해도 일단 곁에 있어서 외롭지 않게 되는 것이 중요한 사람이라는 걸 이제 인정해야만 하니까요. 믿을 수 있는 사람과 연애하는 것이 그다지 중요하지도 않다면, 그 사람이 집에 들어가 자겠다고 해놓고 새벽 3시에 술집에 있었던 건 화낼 일도 아닌 게 되는 거죠. 자가당착에 빠진 상황으로 보여요.

그러니 이제 그 남자를 향해 있던 마음속의 안테나를 온전히 자신에게로 돌려야 할 시점이에요. 그를 비난하거나 집착의 대상으로 삼는 건 지금 당신에게 아무 도움도 되지 못해요. 내가 정말로 관계에서 중요하게 생각하는 것이 믿음인지, 외롭지 않은 상태가 되는 것인지 끊임없이 스스로에게 물어봐야 해요. 그리고 답을 내야 해요. 내가 무엇을 원하는지 알 수 없다면, 어떤 사람을 만나더라도 당신은 상처받을 수밖에 없을 거예요.

그는 저와의 섹스가 만족스럽지 않은 걸까요?

지난번에 그가 욕실에 있을 때, 그만 듣지 말아야 할 것을 듣게 되었습니다. 멀쩡히 데이트를 하고 돌아와 함께 시간을 보내던 날이었는데 그가 욕실에서 혼자 자위를 하고 있다는 걸 알게 됐죠. 여자로서 자존심도 상하고, 나와 섹스를 하면서도 만족하지 못하는 건가 하는 생각에 배신감도 느꼈습니다. 이 부분을 수면 위로 끌어올려 이야기를 해야 할까요?

당신에게 불만이 없어도 충분히 일어날 수 있는 일이에요. 파트너와의 섹스가 맘에 들어도 '그냥 풀어버리고 싶은 성적 욕구'나 '몸의 긴장감' 같은 것은 존재할 수 있으니까요. 섹스가 단지 성욕을 분출하는 행위만은 아닌 것처럼, 오직 섹스로만 성욕을 해소할 수도 없는 거죠. 정말로 성욕이 과다해서 매일 밤낮으로 당신에게 억지로 요구하거나, 다른 누군가를 찾아나선 상황도 아니잖아요. 때로는 사랑하는 사람과의 교류가 아니어도 절정의 어떤 느낌을 느끼고 싶은 욕구는 자연스러운 거라고 생각해요. 만일 당신과의 섹스에 눈에 띄는 문제가 생긴다면 그때는 얘기해봐야겠죠.

장거리 연애를 하다보니 사랑을 확신할 수 없어요

해외에 있는 한 남자와 장거리 연애를 하고 있습니다. 그를 만난 건 제 인생의 큰 행운으로 생각합니다. 하지만 언제 다시 만날 수 있을지 알 수 없는 사람을 사랑해도 되는 건지, 눈을 마주치지도 살을 부대끼지도 못하는 채로 사랑을 확신할 수 있을지 가끔씩 회의나 고민이 들 때가 있어요.

장거리 연애중인 커플에게 꼭 필요한 것에는 무엇이 있을까요?

어려운 길을 택하셨네요. 저는 매일 지지고 볶고 싸우더라도 원하면 자주 볼 수 있는 상태여야 한다고 생각했기 때문에, 장거리 연애라는 건 애초에 꿈도 꾸지 않았어요. 나와 너무 멀리 떨어져 있는 사람에게는 호감이 생기더라도 그걸 표현하는 걸 두려워하기도 했고요. 보고 싶고 살을 부비고 싶은데 그걸 참아가면서 연애하는 건 정말 아무나 할 수 있는 일은 아닐 겁니다.

하지만 매일 보고 살을 부비는 것이 연애의 충분조건은 절대 아니죠. 매일같이 만나 사랑을 속삭이더라도 순식간에 관계가 끝나버리는 경우도 정말 많으니까요. 반대의 경우도 있죠. 제가 아는 친구는 이십대 중반에 해외에서 만난 남자와 10년 동안 다른 나라에서 지내며 장거리 연애를 했는데 결국 결혼해 행복하게 잘 살고 있기도 하고요.

멀리 떨어진 곳에서 서로를 그리워하는 연인이라면, 무엇보다도 서로에 대한 믿음이 중요할 겁니다. 내가 스스로를 믿듯, 상대에 대한 믿음을 잃지 않는 거죠. 자주 보지 못하기 때문에 생길 수 있는 불안과 걱정의 에너지가 이 관계를 해치게 해서는 안 돼요. 얼마나 자주 연락하는지 혹은 얼마나 자주 볼 것인지보다 중요한 건 바로 내 마음이 안정되는 일이에요. 그것을 위해 어떤 장거리 커플은 '하루 몇 번 연락하기' '영상통화하고 자기' 같은 규칙들을 세워놓기도 하지만, 규칙을 떠나 작은 행동을 통해 서로에게 믿음을 준다는 생각으로 자연스럽게 신경쓸 수 있는 사이가 된다면 좋겠죠. 가까이 지내면서 매일 보는 사이이든, 멀리 떨어져 있어 자주 보지 못하는 사이이든, 결국 그 관계를 결정하는 건 만남의 횟수가 아니라 만남의 질이 아닐까요?

당신의 편지를 읽고 제가 조금 걱정스러운 건 '언제 만날지 모른다'는 것에 대해 당신이 느끼고 있는 작은 절망감이에요. 그 절망감이 당신의 연애의 동력을 잃게 할 수도 있고, 스스로를 불안하게 만들어 결국 그 불안을 상대에게 전가하게 될 수도 있으니까요. 멀리 있으니 당연히 언제 만날지 모를 일이죠. 하지만 두 사람이 다시 만날 수 있도록 어떻게든 애는 써볼 수 있지 않을까요? 당장 신사역 가로수길에서 만나자는 약속을 지키는 것보단 시간도 들고 돈도 들겠지만, 그만큼 애틋하게 만남을 준비하는 동안 당신은 당신의 마음을 더 또렷이 바라볼 수 있게 될 거예요. 무감각하게 습관처럼 만나고 헤어지는 일보다, 그건 그 자체로 귀한 일일 것이고요.

　지금 당신이 발붙이고 살고 있는 이곳의 하루하루를 열심히 살아가세요. 그리고 그 사람을 향한 애틋한 마음 표현하기를 주저하지 마세요. 그에게 원 없이 글과 말로 표현하고, 원 없이 그리워하고, 그러면서 다음에 만날 시간을 어떻게든 준비해보세요. 그냥 앉아서 그때를 기다리는 게 아니라, 어떻게든 상황을 바꿔보도록 애를 써보세요. 그렇게 해서 다시 만났을 때, 여전히 내 감정이 확실한지를 지켜보세요. 그러면 그때는 또 그때대로, 앞으로 어떻게 해야 할지에 대해서 다시금 많은 생각들이 떠오를 테니까요.

　언제 죽을지 알 수 없지만 오늘 하루를 열심히 사는 것처럼, 언제 만날지 알 수 없지만 오늘 하루 열심히 사랑해야 하지 않을까요?

남자친구가 말투를 좀 고쳤으면 좋겠어요

남자친구와 어떤 건물의 회전문을 통과할 때였습니다. 문이 갑자기 멈추자 그가 "맛탱이가 갔네"라고 말하는 걸 들었죠. 바로 옆에 다른 사람도 있었는데, 그런 표현을 쓴다는 게 순간적으로 너무 창피하더라고요.

남자친구에게 "그런 말은 좀 안 쓰면 안 돼?"라고 했더니 "우리집에선 그런 말은 아무것도 아니야. 맛탱이는 그냥 전라도 지역말일 뿐이고, 너가 그렇게 말하는 건 우리 부모님까지 이상하게 보는 거나 마찬가지야"라고 하더군요. 그래도 점잖지 못하게 들리는 단어는 자제하는 게 좋지 않느냐고 했더니 왜 사람을 바꾸려고 하냐며 화를 냅니다. 그리고 며칠째 연락이 없어요.

사랑하면 변화시키지 말고 그냥 내버려둬야 하는 건가요? 훗날 아이가 보고 배울 걸 생각하면 솔직히 좀 막막하네요.

말하는 모습에는 가치관, 생활환경, 교육수준, 성격 등 다양한 것들이 반영되기 마련이죠. 별로 관심 없던 사람이었는데 말하는 모습에 마음이 확 가기도 하고, 너무 좋아하고 아끼던 사람이지만 말 한마디 때문에 싸우고 그러다 이별하기도 하는 건, 그만큼 말이 한 사람을 드러내는 중요한 키워드 역할을 하기 때문인 것 맞아요. 남자친구와 결혼까지 생각하는 사이이니, 아무래도 그의 작은 행동에도 '이런 모습이 나중엔……'이라며 예민해지는 건 당연한 일이죠. 나와는 다른 방식으로 말하는 사람이 편하지 않게 느껴지는 것도 당연한 일이고요.

가장 먼저 저는 당신이 그의 단어 사용을 지적한 부분에 대해 이야기하고 싶어요. "그런 말은 좀 안 쓰면 안 돼?"라고 말한 부분 말이에요. 그가 쓴 단어가 그저 지역말이든 아니면 누구라도 듣기 거슬릴 정도의 나쁜 말이든, 그렇게 지적하면 상대방은 공격당했다는 생각 때문에 어쩔 수 없이 발끈하게 돼요. 비난하는 뉘앙스로 이야기하면, 상대방은 내 말의 의미보다는 표현에 반발하게 되고 마는 거죠. 그러니 다음번에 당신의 생각을 드러낼 일이 있을 땐, "그렇게 안 하면 안 돼?"가 아니라 "이쪽이 훨씬 좋을 것 같아"라고 표현해보는 것도 좋을 듯해요.

그런데 문제의 핵심은 사실, 남자친구 쪽에 좀더 기울어있어요. 상대방이 어떤 식으로든 자신에게 컴플레인을 했을 때, 그 컴플레인에 대해서 조금이라도 공감해주는 태도가 필요하기 때문이죠. "아, 그렇게 거슬렸어? 그런데 이건 비속어가 아니고 그냥 지역말이야. 줄이도록 노력은 해보겠지만 욕설이 아닌 이상 너무 이상하게 생각하진 않았으면 좋겠어" 정도로 말이에요. 무작정 '우리 부모님까지 이상하게 보는 것'이라고 항변한다면 사실 두 사람 사이에 어떤 대화가 더 있을 수 있겠어요? 있는 그대로 받아들여주는 것도 사랑이지만, 불편한 건 불편하다고 말할 수 있는 것도 사랑하는 사이에서 분명 가능한 일이고, 컴플레인을 했을 때 그 취지에 대해 공감해주는 것도 사랑인데요.

너무 겁먹지 말고, 속단도 하지 말고, 타협점을 찾을 수 있도록 조용히 대화를 해봤으면 좋겠어요. "비난하듯이 이야기해서 미안했다. 부모님을 이상하게 보는 건 절대로 아니다. 하지만 남들 듣기에 거슬리는 말이라면, 더 부드러운 방법을 찾는 것이 좋다고 생각한다"고 말해보세요. 그가 어떻게 답하는지에 따라, 당신의 마음도 어떤 식으로든 움직이지 않을까 싶네요.

우울증 때문인지 성관계에 집착하게 됩니다

오랜 우울증으로 힘든 시간을 보내고 있는 이십대 여자입니다. 우울증 때문인지 성관계에 집착하는 경향이 있어요. 저도 과연 한 남자와 진실된 사랑을 나눌 수 있을까요?

한 남자와 진실된 사랑을 나눌 수 있을까 궁금해하신 걸 보면 지금은 여러 사람과 성적 관계를 맺고 있는 것으로 생각되네요. 당신이 한 남자와 진실한 사랑을 나눌 수 있을지에 대해서는, 전 대답하기 힘들 것 같아요. 하지만 당신이 우울증을 극복할 수 있겠느냐고 묻는다면, 그건 분명 매우 가능성이 높다고 대답할 수 있어요. 자신을 돌보는 일을 게을리하지 마시고, 지금부터라도 믿을 만한 심리치료센터나 정신건강의학과에 찾아가보기를 권해드리고 싶어요.

남자들과 잠시라도 뜨겁게 몸으로 대화하며 그렇게라도 위로받고 싶었던 당신의 마음을 이해해요. 하지만 그런 식의 얕은 위로로는, 당신이 치유될 수 없다는 걸 이제 확실히 알아차렸으면 좋겠어요. 당신은 당신을 보호할 의무가 있어요.

연애도, 취업도, 다 망한 것 같아요

스물여덟 살 여자입니다. 작년에 공무원 시험을 준비하다 만난 사람이 있는데, 그가 학업 때문에 서울로 가야 해서 어쩔 수 없이 장거리 연애가 됐어요. 그런데 그때부터 연락도 제때 되지 않고, 메시지를 주고받고 있어도 공허함이 느껴졌죠. 예전 같지 않아서 서운하다고 했더니 이것저것 신경쓰기가 버겁다더군요. 마지막 학기에, 공무원 시험도 떨어진 상황이었으니까 그도 힘들긴 했을 거예요. 어쨌든 그렇게 끝이 났어요. 저 역시 공무원 시험에 떨어지고, 이래저래 많이 힘든 상황입니다. 잊을 수 있을지도 의문이고, 새롭게 누군가를 만나는 것도 두렵습니다.

시험을 준비하다 만난 사람이니까, 데이트도 맘놓고 하지 못했을 것 같네요. 두 사람 모두 시험에 대한 압박감을 느끼는데다, 그 와중에 장거리 연애까지 하게 되었으니 꽤나 어려운 상황이었던 것도 맞고요. 여러 가지로 악조건이었다는 생각이 들어요. 두 사람 모두 안정적이고 썩 편안한 상태에서 만났다면 결과가 달랐을지 모르겠지만 적어도 두 사람은 '그럼에도 불구하고 사랑을 이어갈 수 있는' 사람들은 아니었던 셈인 거죠. 너무 자책할 필요도 없고, 상대방을 원망한다고 얻을 수 있는 것도 없어요. 그냥 우리 사이는 딱 이 정도였구나, 이해하는 것 말고는 방법이 없어요. 놓아주고, 이 상황을 받아들여야 해요. 힘들겠지만 그렇게 될 거고요.

시작이 반이라는 말이 있지만, 사실 연애에 대해서는 시작보다 어려운 건 유지하는 일이죠. 그저 외롭고 지친 상태에서 만난 두 사람이 연애를 시작하는 건 그렇게 힘든 일이 아니지만, 둘이 오랫동안 잘 지내는 일은 결코 만만하지 않거든요. 그러니 순식간에 끝나버린 이 연애에 대해 너무 괴로워하지 않았으면 좋겠어요. 두 사람 모두 시험의 압박감 속에 있었고, 미래가 보이지 않는다는 느낌을 받고 있는데, 사랑에 어떻게 집중할 수 있었겠어요? 물론 어떤 사람들은 시험 준비를 하는 동안 오히려 연애를 더 잘할 수 있을지 모를 일이지만, 지금 내 마음이 두려운데 굳이 서두르거나 애쓸 필요가 있을까 싶어요. 내 인생이 부유한다는 느낌이 드는데, 타인에게 정착했다는 느낌을 받기란 쉽지 않은 일이니까요.

다음번에 누군가를 만나게 된다면, 시험의 당락 여부를 떠나 스스로도 조금 안정된 마음이라는 생각이 들 때 연애를 시작하면 좋을 것 같아요. 불안은 영혼을 잠식한다고 했던가요, 불안은 연애도 잠식합니다.

함께 있기만 해도 즐거운 사람,
함께 이야기하다보면 시간 가는 줄 모르는 사람,
함께 있으면 위로가 되는 사람과
사귀고 싶다고 생각한 적이 있었다.
하지만 먼길을 돌아 결국
내가 선택한 사람은……

굳이 함께 있지 않아도
행복하다는 생각이 드는 그런 남자.

연락 좀 자주 해달라는 게 무리인가요?

남자친구와 사귄 지 178일째입니다. 지금까지 사귀면서 전화는 겨우 한 번, 문자는 서른 통 정도나 했을까요? 이 문제 때문에 헤어져야겠다는 결심을 하루에도 수십 번 해보지만, 섣불리 그러지도 못하겠어요.

우리가 연애 상대를 갈구하는 많은 이유들 중 하나는, 내가 좋아하는 누군가와 늘 연결되어 있다는 느낌 때문일 거예요. 이 세상에 나 혼자가 아니라는 것, 내가 좋아하는 사람에게 내가 중요한 사람이라는 것, 언제든 손 내밀면 닿을 곳에 그 사람이 있다는 사실은 고단하고 팍팍한 날들을 지나가는 와중에도 큰 안도감을 주죠.

연락을 자주 해주었으면 좋겠다는 당신의 마음을 너무도 이해해요. 마흔 살을 코앞에 둔 저도 아직 그러는 걸요. 왜 연락이 이렇게 없냐며 "바쁜가봐?" 이런 식으로 투정부리는 톡도 보내고, 애인이 다른 나라로 출장을 갔을 때 네다섯 시간 정도만 연락이 없어도 혼자 불안해하고 그랬답니다. 연락받고 싶은 마음, 최소한 내가 하는 횟수만큼은 그도 연락해주었으면 하는 마음은 어찌 보면 너무 당연한 것이에요.

그러니 또렷한 목소리로 당신이 원하는 것을 요구하세요.

'투정'이 아니라 '요구'요. "너와 연결되어 있다는 느낌을 갖는 것은 나에게 매우 중요한 부분이고, 통화나 문자 주고받는 일을 최소한 하루에 몇 번은 했으면 한다. 그냥 귀찮다는 말로 거절한다면 나는 너에게 존중받지 못한다는 느낌을 받을 것이고, 이건 우리 관계에 좋지 않은 영향을 줄 거라 생각한다"라고 말이에요. 당신이 정식으로 컴플레인을 하고 원하는 것을 요구했을 때에도 그가 당신을 무시한다면, 그때는 어떻게 할지 심각하게 고민해봐야겠죠.

하지만 여기에는 한 가지 생각해볼 부분이 있어요. 그와의 관계가 안정되었다고 느끼고, 그와 내가 충분히 연결되어 있다고 느끼면, 애써 '지금까지 몇 번이나 연락했는지, 오늘은 몇 번이나 제대로 대답을 했는지'에 대해서 확인하려고 하지 않게 된다는 거죠. 당신이 애인의 연락 횟수에 대해 이토록 신경을 쓰고 서운해하는 건, 어쩌면 두 가지 이유 중 하나일 거예요. 당신이 지금 삶에 대해서 많이 불안해하고 있거나, 그 사람과의 연애가 언제 깨질지도 모를 위태로운 것이라고 생각하거나요. 어느 한쪽에 대해서라도 불안함을 느낄 때, 우리는 우리 마음속이나 관계 자체를 들여다보려 하기보다는 내 옆에 있는 사람을 원망하거나 "나 좀 어떻게 해달라"고 말하게 되는 것 같아요.

지금 당신이 신경쓰고 돌봐야 하는 건 당신의 마음이라는 것을 기억한다면, 그에게서 연락이 많이 오지 않아도 충분히 편안하고 행복해질 수 있을 거예요.

고백을 했는데 아직 답을 못 듣고 있습니다

몇 달째 다니고 있는 헬스장에서 호감이 가는 여성분이 생겼습니다. 어떻게 고백할까 고민하다가 지난번 빼빼로데이 때 '당신에게 호감이 있습니다. 저녁을 같이 할 수 있을까요?'라는 쪽지와 함께 빼빼로를 선물했어요. 그녀는 웃으면서 받아줬습니다. 답은 아직 듣지 못했는데, 저는 어떻게 해야 할까요?

호감이 가는 사람에게 마음을 표현하는 건 정말 멋진 일이죠! 호감을 가지고도 주변을 맴돌며 끙끙 앓는 것보다 얼마나 솔직하고 당당한 일인가요? 설사 그 호감 표현이 연애로 이어지지 않더라도, 자기 자신을 표현할 수 있다는 건 그 자체로 좋은 일이라고 생각해요.

그런데요. 내 마음을 표현하는 것 자체는 좋은 것이라 해도 그 표현이 입 밖으로 나오는 순간 그것은 더이상 나만의 것이 아니라 그 사람의 일도 되어버려요. 내 마음이 아무리 뜨거워도, 그 사람의 마음이 나와 같지 않다면 그걸로 끝이니까요. 그래서 사람들은 고백의 타이밍이나 방법을 고민하기도 하고, 그 사람 주변을 맴돌면서 어떻게든 그 사람 마음에 들어갈 틈을 찾으려 애를 쓰기도 하는 거겠죠.

당신이 고백한 이야기를 듣고 나니 그래서 조금은 걱정

이 되네요. 혼자서 열심히 마음을 키워놓은 상태에서, 갑자기 불쑥 빼빼로를 건네며 마음을 표현한 방식 때문이에요. 당신은 빼빼로데이야말로 마음을 표현하기에 최적의 타이밍이라고 생각했을지 모르지만, 한 번도 대화를 나눠보지 않은 상태에서 별안간 빼빼로를 주는 사람이 부담스럽다고 느낄 사람도 분명히 많을 것이기 때문이에요. (솔직히 저라면 '이건 너무 중학생 같은 접근인걸!'이라고 생각했을 것 같아요.) 그녀가 웃어주었다는 것에 희망을 갖고 있으신 것 같지만, 매일 들르는 장소에서 별안간 낯선 이에게 선물을 받았을 때 속으론 아무리 놀라도 상냥한 미소와 함께 '어머 감사합니다'라고 말해야지 어쩌겠어요? 우리 여자들은, 언제나 상냥한 태도를 유지해야 최소한 안전할 수 있다고 교육받아왔거든요.

당신 입장에선 그녀를 오래 보아왔겠지만 그녀는 당신의 얼굴을 거의 처음 봤을지도 모르는데, 선뜻 저녁 시간을 같이 하겠다고 결정하기란 난감하지 않을까요? 당신의 '고백'이라는 것이 "빼빼로를 주었으니 당신의 저녁 시간을 내놓으시오"처럼 보였을 수도 있죠. 차라리 조금씩 안면을 트며 친해진 다음에 "이번 금요일 저녁에 뭐하세요? 밥이나 한번 먹죠"라고 말을 건네는 쪽을 택했다면 그녀에게도 당신에게도 이 모든 건 좀더 자연스럽고 수월한 시간이 되었을 텐데요. 빼빼로 뒤에도, 쪽지 뒤에도, 숨지 말고 관심을 조금씩 표현하시길 바라요.

가슴이 떨리지 않는 사람과 사귀어도 되나요?

학교에서 친하게 지내는 남자동기에 관한 이야기입니다. 제대로 사귀는 것도 아닌데 스킨십을 하기도 했고, 다른 남자랑 잘될만 하면 연락을 해와서 저를 흔드는 상황이 반복됐어요. 결국 그렇게 우여곡절 끝에 사귀고 있는데 가슴이 뛰질 않더라고요. 저를 정말 좋아하는지, 그냥 남 주기 싫어서 잡은 건지도 잘 모르겠지만, 그렇다고 제가 먼저 놓아줄 자신도 없어요.

아주 간단하게 보면 말이죠, 연애하는 사이가 되는 데에는 두 가지 경로가 있는 것 같아요. 서로를 잘 알지 못하지만 누가 먼저랄 것도 없이 서로 강렬한 호감이 생겨서 연인이 되는 경우와, 처음엔 강력한 끌림은 없었지만 서로에게 익숙해진 뒤에 연인이 되는 경우요. 많은 사람들이 전자를 꿈꾸는 것 같지만, 사실 후자처럼 초반에는 서로를 알아보지 못하는 경우도 아주 많은 것 같아요. 그러니 가슴이 뛰지 않는다는 것만으로 실망한다거나, 이 관계를 의심하지 않았으면 좋겠어요. 어차피 초반에 미친듯이 가슴이 뛴다 해도, 얼마 못 가 그것도 사그라드는 법이니까요.

　하지만 가슴이 뛰는지의 여부와는 별개로, 당신이 그 사람에 대해서 혹은 그와의 관계에 대해서 어느 정도의 확신이 없어 보이긴 해요. 그가 자꾸만 당신을 흔들었든 말든, 그건 중요한 게 아니잖아요. '내가 이 사람이 좋아' '나는 이 사람과 함께 나의 시간을 보내고 싶어'라는 생각이 필요하다고요. 그저 나를 자꾸만 잡은 사람이기 때문에 그 사람을 선택하게 됐다면, 사실은 별로 좋아하지도 않는 것 같은데 시간을 공유하는 자리에 그 사람을 두었다면, 그건 당신의 인생에게 미안한 일이 아닌가요? 좋아하는 건지 좋아하지 않는 건지 잘 구별도 안 되는 사람에게 옆자리를 내어주어야 할 만큼, 당신은 지금 많이 외로운 상태인지도 모르겠어요.

하지만 제가 경험해보았기에 확실히 이야기해드릴 수 있는 게 하나 있어요. 내 마음을 나도 모르겠는 상태에서 그냥 상대가 나를 원하는 것 같으니까 이끌려가듯 시작된 관계에서는 당신이 행복하기도 힘들다는 거예요. 우리는 온전히 스스로 선택한 것에 대해서만 온전한 행복을 느낄 수 있는 존재이기 때문이에요. 내가 선택했다고 자신할 수 없는 상태로는, 행복한 순간이 와도 손에 잘 잡히지 않는 듯 느껴지고, 불행한 순간이 오면 너무도 선명하고 뾰족하게 느껴지죠.

스스로에게 집요하게 물어보세요. 어쩌면 고민하는 데 얼마 걸리지 않을지도 몰라요. 그저 나에게 지속적으로 손을 내밀어준 사람이라서 이 관계를 시작한 것인지, 아니면 정말로 내가 이 사람을 좋아하고 있는 것인지. 좋아하고 있다면 이 사람과 어떤 관계를 만들어가보고 싶은 것인지, 지칠 때까지 스스로에게 집요하게 물어보셔야 해요.

저는 이십대에 그런 질문을 저에게 한 번도 해보지 못하고 눈을 감은 것처럼 세상을 살았던 탓에 그후에 더 힘들고 슬픈 일을 경험해야만 했어요. 커다랗게 눈을 뜨고, 스스로에게 '내가 진짜로 원하는 게 뭐지?'라고 물어보세요. 그 답을 찾는다면, 당신의 고민은 자연스럽게 해결되어 있을 겁니다.

짝사랑이 이루어지는 순간 바로 마음이 식어요

저의 연애는 늘 짝사랑으로 시작되곤 합니다. 하지만 문제는 그후예요. 처음에 혼자서 마음 졸이며 짝사랑을 할 때는 너무나 떨리고 설레지만, 상대방과 이어지고 나면 그 마음이 바로 식어버리고 심지어 부담스럽기까지 하네요.

당신은 혼자 몰래 하는 애틋한 사랑의 감정, 딱 거기까지만 감당할 수 있다고 생각하는 사람일 가능성이 커요. 상대방도 내 감정에 화답해 그것이 정말 연애로 발전되는 순간, 상처받는 것이 두려워 발을 빼고 싶어지는 것 같기도 하고요. 1을 내어주는 사람에게는 1만큼의 행복과 상처가 생길 수 있고, 10을 내어주는 사람에게는 10만큼의 행복과 상처가 생길 수 있어요. 10의 상처를 두려워하지 않는 사람에게만 10의 행복이 허락되는 것 같기도 하고요. 아무것도 내어주지 않는 사람은 어떤 상처도 입지 않겠지만, 결국은 아무것도 경험할 수 없게 되죠. 아무래도 당신이 무언가를 내어주고 싶을 만큼 끌리는 사람이 아직 나타나지 않은 것 같아요. 급하게 생각하지 말고 차분히 기다리다보면, 언젠가는 그런 사람을 마주칠 날이 오지 않을까요?

나이에 떠밀려 사랑을 시작하고 싶진 않아요

스물아홉 살에 마지막 연애를 한 이후로 거의 3년째 연애다운 연애를 시작도 못하고 있네요. 누구든 만나보자는 마음으로 시작을 해도 한 달도 안 돼서 헤어지고 맙니다.
나이에 떠밀려 타협하듯 사랑을 시작할 마음은 없습니다. 하지만 이렇게 오랫동안 사랑을 하지 못하는 저, 어떻게 하면 좋을까요?

나이에 떠밀려 타협하듯 연애를 하고 싶지는 않다고 하셨어요. 그런데 그 생각이 확실한 당신의 생각이라면, 아마도 당신은 '스물아홉 살 이후로 연애다운 연애를 3년이나 하지 못했다'는 고민을 하지 않았을 거예요. 나이에 떠밀려 연애하고 싶지도 않지만, 어린 나이도 아닌데 연애를 안 하고 있는 자신에 대해서 부정적인 감정도 갖고 있는 거죠. 정말로 당신이 '나이에 떠밀려 연애하진 않겠어!'라고 생각한다면 누가 곁에 있든 없든 완벽히 편안해야 하는 것이 아닐까요? 나이가 몇 살이든, 연애를 얼마나 쉬었든, 지금의 내 모습을 그대로 받아들일 수 있어야 하는 거고요. 서로 함께하기 힘든 두 가지 감정이 한 사람의 마음에 밀물과 썰물처럼 교차하고 있으니 마음이 편할 수가 없었을 거예요. 나이에 떠밀리고 싶진 않지만, 나도 모르게 떠밀리고도 있는 것이지요.

지금 당신이 가장 경계해야 할 것이 하나 있는데, 그게 바로 당신이 제게 보낸 글에 너무도 또렷하게 쓰여 있어요. '누구든 만나보자'라는 생각으로 만남을 갖는다는 것요. 너무 요모조모 다 따져보고 쇼핑하듯이 사람을 고르는 것도 문제가 되지만, 그렇다고 누구라도 만나보자는 생각을 갖는 것도 곤란해요. 어떤 사람을 만나도 그 사람에게는 장점과 단점, 취향과 생각이 마치 지문처럼 다를 텐데, 내 마음에 기준이 없는 채로 그토록 여러 사람을 만난다는 게 얼마나 피곤하고 어려운 일이겠어요?

급한 마음에 누구라도 만나고 싶을지라도, 진짜 내가 원하는 사람이 어떤 사람이길 바라는지 생각해보았으면 해요. '누구라도 만나보자'는 사람에게 우연히 딱 맞는 짝이 나타날 수도 있는 것이 인생이기야 하겠지만, 그런 행운은 지극히 소수의 사람에게만 찾아온다는 걸 잊지 마세요. '누구라도 만나보자'는 사람보다는 '내가 중요하게 생각하는 것은 이것이고, 이런 부분은 어느 정도 양보가 가능해'라고 자신의 입장을 정리하는 시간이 필요해요.

백수라서 연애를 못하는 거 맞죠?

이십대 중반, 취업준비생을 가장한 백수입니다. 1년 반째, 정말 너무 힘에 부치는 취업준비생활을 하고 있습니다. "요새 뭐해?" "응, 취업 준비해" 이 말 한마디면, 저에게 호감을 보이던 남자든 알고 지내던 남자든 더이상 연락을 해오지 않습니다. 그들을 만날 때 단한 번도 제 상황에 대해 주눅이 들어본 적도, 불평을 한 적도 없습니다. 그러나 하나같이 "취업을 하면 그때 보자"고 하는 말이 제게는 비수처럼 날아와 꽂힙니다.

저의 이런 상황이 그들에게 계산기를 꺼내들게 만든 걸까요? 제가 취업이 된들, 그땐 정말 좋은 얼굴로 그 남자들과 다시 만날 수 있을까요? 상대방의 힘든 상황마저도 함께 안고 가는 것이 진정한 사랑 아닌가요?

상대방의 힘든 상황마저도 함께 안고 가는 것이 사랑의 한 모습인 건 맞죠. 하지만 그 남자들과 당신은 사랑하는 사이는 아니었잖아요? 내 곁에 한 사람을 두는 것이 연애이고, 그 연애가 지속되도록 많은 노력을 하는 것이 사랑이겠지만, 아직 아무 사이도 아닌 사람에게 진정한 사랑의 조건을 바라는 게 무리이긴 하죠.

아마도 그들이 포기한 건, 당신과의 사랑이 아니라 당신과의 관계가 발전될 가능성 정도가 아닐까 싶어요. 자, 그러니 질문을 한 번은 바꿔야 하겠네요. "취업준비생을 가장한 백수이기 때문에 그들이 나와의 발전가능성을 포기한 것 맞죠?"라고요. 만약 당신이 그렇게 질문한다면, 저는 그 남자들에게도 선택권은 하나뿐이기에, 그저 더 좋은 답을 구하고 싶었을 뿐일 거라고 말할 겁니다. 남을 밟고 올라서지 않으면 도태된다고 믿어지는 사회, 열심히 노력해도 그만한 대가를 받을 수 없는 사회에서 연애란 그저 로맨틱할 수만은 없는 것이니까요. 당신에게 당신의 사정이 있듯, 그 사람들에게도 그 사람들의 사정이 있는 것뿐이죠.

조금 냉정하게 말해서, 취업준비하느라 불안정하고 바쁘고 어쩌면 데이트 비용도 내기 힘들 것이라 여겨지는 사람을 택하기보단, 이미 좋은 직장에 다니고 있는 사람을 택하는 것이 자신에게 좀더 유리하다고 여기는 것이 이상한 일은 아닌 거죠. 당신이 당신 스스로에 대해서 부정적으로 느끼지 않는 것과는 별개로, 누군가가 나를 어떻게 판단할지의 문제는 당신이 어떻게 할 수 없는 영역에 있으니까요.

하지만 스스로를 자책하는 일은 없었으면 해요. 당신이 연애를 하고 있든 그렇지 않든, 당신은 미래를 위해서 열심히 노력하고 있을 뿐이고, 뭔가 보이지 않더라도 자기 길을 씩씩하게 가고 있으니까요. 그 속에서 누군가가 곁에서 뜨거운 힘을 당신에게 전해주었다면 더 좋았을지 모르지만, 앞으로 몇 번을 더 거절당한다고 해도 당신의 가치가 낮아지는 것은 아니니까요.

부디 이 시간을 잘 버티길 바라요. 그리고 원하던 취업을 하게 되면, 그 남자들을 다시 좋은 얼굴로 보게 될 수 있을까 궁금해하셨는데요. 이 질문의 답은 곧 확인하게 될 거예요. 그때는 그들이 당신에게 연락한다고 해도, 아마 당신이 더이상 그 남자들을 원하지 않게 될 테니까요!

섹스 파트너를 만나고 오면 죄책감이 들어요

채팅을 하다 알게 된 남자가 있어요. 처음엔 그냥 가볍게 한 번만 만나려고 했는데, 생각보다 매너도 좋고 믿을 만한 사람이라는 생각이 들어 벌써 다섯 번쯤 만났습니다. 처음부터 목적이 뚜렷한 만남이었기 때문에 그냥 몸이 고프다는 생각이 들 때쯤 만나서 욕구를 해결하고 곧장 헤어지죠.

하지만 그럴 때마다 왠지 모를 죄책감도 들고, 오히려 더 외로워지기도 합니다. 이대로 그를 만나도 괜찮은 걸까요?

당신이 괜찮다면, 저도 괜찮다고 생각해요. 하지만 당신이 괜찮지 않다면, 저도 이 관계는 반대입니다. 그와 헤어진 후 오히려 더 외로워지는 것은 당연한 감정이라고 생각하는데, 죄책감이 느껴진다면 그건 별로 좋지 않은 사인이에요. 누구에게 피해를 주는 일이 아니잖아요. 그런데도 당신이 죄책감을 느낀다면, 그건 당신이 미처 깨닫지 못한 스스로의 내면에서 '이것은 옳지 않아'라는 알람이 울리고 있는 것이니까요. 알람이 울리는데도 같은 행동을 반복하면 결국 당신의 자존감이 훼손될 거예요.

그녀는 착하고 좋은 사람이지만
다른 여자도 만나보고 싶어요

동갑내기 여자친구를 둔 스물두 살 남자입니다. 저는 남중 남고를 나온 후 대학교에 들어가서 한 달 만에 지금의 여자친구를 만나 사귀게 되었습니다. 그런 탓에 흔히 말하는 여자사람친구는커녕 엄마와 여자친구를 제외하고는 그 어떤 여자의 전화번호조차 없습니다.

혈기왕성한 이십대 남자인지라 저도 다양한 여자들을 만나보고 싶은데, 여자친구가 있으니 쉽지 않네요. 사실 저희 커플은 객관적으로 생각해봐도 정말 안 맞는 커플입니다. 저는 19금 쪽으로 왕성한 편인데 여자친구는 관계가 없어도 사랑을 유지할 수 있다고 주장합니다. 저는 학생이고, 형편도 어렵고, 여러 이유로 여자친구에게 온전히 힘을 쏟을 수 없는 상황입니다. 제 여자친구는 충분히 많은 사랑을 받을 수 있는 사람이고요. 속된 말로 더 멋있고, 돈 많고, 차 있는 남자를 만났으면 하는 생각입니다.

앞으로 어떻게 해야 할지 걱정이에요. 여기서 그만둘지, 계속 만날지, 아니면 몰래 다른 여자라도 만나볼지. 여자친구만 생각하면 고맙고 미안한 마음뿐입니다.

여자친구랑 3년이나 사귀었는데 섹스도 안 해주고 짜증나서
이제 헤어지고 싶다는 이야기를 이렇게 장황하게 하시다니.
네, 헤어지세요. 그게 서로에게 좋은 일일 것 같네요.

제가 너무 쉽게 마음을 주는 건가요?

저는 전형적인 '금사빠' 타입의 남자입니다. 금방 사랑에 빠지는 타입이죠. 쉽게 마음을 주지만 그렇다고 그 관계가 그렇게 가벼운 것은 아닙니다. 쉽게 마음을 주는 게 잘못된 건가요?

와, 반가워요! 왜냐하면 저도 정말 금사빠 타입의 사람이었거든요. 최근의 몇 년을 제외하고선, 정말 오랜 시간 동안 저는 전형적인 금사빠였어요. 그리고 저도 알아요. 쉽게 마음을 주지만 그렇다고 가벼운 관계를 원하는 것도 아니죠. 누군가의 좋은 점을 빨리 알아차리고, 또 그것에 잘 매혹되고, 마음 여는 것을 비난한다면 그 사람이야말로 나쁜 사람이겠죠.

금사빠로 사는 것이 잘못된 것은 아니더라도, 스스로가 힘들어지는 부분은 분명히 존재하는 것 같아요. 상대방은 아직 나에 대해 그만큼의 마음이 아닌데 내가 선뜻 마음을 주게 되는 순간, 관계 속에서는 확실히 약자가 되어버리는 경험을 자주 하셨을 거예요. 더 많이 사랑하는 쪽이 약자가 된다고 하지만, 더 일찍 사랑하는 쪽도 약자가 되는 법이니까요. 그 사람 전체를 아직 다 알기도 전에 마음을 주어버리는 일은, 그래서 그 관계의 주체가 되기보다는 끌려다니는 쪽으로 결말이 나기 쉽죠. 끌려다니는 일이 벌어지기도 전에 그저 거절당해버려서 마음의 상처를 받는 일도 잦고요. 내가 그 사람에게 금세 빠져들 자유가 있는 것처럼, 그 사람은 내 마음을 거절할 자유가 있으니까요.

쉽게 마음이 끌리는 자신을 너무 원망하거나 자책하지 않았으면 해요. 다만 이렇게 '이 사람은 이래서 좋고, 저 사람은 저래서 좋은' 상태가 스스로를 힘들게 한다는 생각이 확실히 든다면, 이것 한 가지는 생각해보면 좋을 것 같아요. 나도 내 마음을 모르기 때문은 아닌지를요. 너무 배고플 때는 뭘 먹어도 상관이 없는 것처럼, 그저 너무 외롭기 때문에 아무나 다 좋은 건 아닌지를요.

어떤 사람이 눈에 띄느냐에 따라서 '내 마음 나도 몰라' 식의 연애를 하기보단 '난 이런 부분은 중요해' '이런 부분은 중요하지 않아'라고 생각해본 뒤에 사람을 만난다면 조금 덜 혼란스러운 연애를 할 수 있을 거라 믿어요. 인생이 언제나 마음대로 되는 것은 아니기에, 금사빠 모드에서 만난 어떤 사람과 당신이 평생을 보내는 일도 일어날 수는 있겠지만, 글쎄요. 그것도 가봐야 아는 일이죠.

갑작스러운 원나잇 이후 혼란스럽습니다

얼마 전 나이트클럽에서 2 대 2로 부킹을 하게 됐는데 그만 분위기에 취해 생애 처음으로 원나잇을 경험하게 됐어요. 강제성도 없었고, 그와의 잠자리는 썩 좋았습니다.

하지만 문제는 그 이후였습니다. 시들해졌다고 해야 하나요? 연락도 적극적으로 하지 않고, 만나도 힘이 없어 보이더군요. 그저 하룻밤 지낸 사이인데 제가 너무 바랐나 싶기도 했죠. 그러다 그에게 제 복잡한 마음을 털어놓고, 더이상 연락을 못 할 것 같다고 이야기해버렸습니다. 그 사람도 별말이 없었어요.

끝인 건 알겠습니다. 그리고 이 남자 잊는 건 중요한 일도 아니고요. 저는 단지 다른 남자와 관계를 갖게 된다면, 그후 대처법이 궁금합니다. 지금의 이 어지러운 감정을 어떻게 추슬러야 할까요?

대처법이랄 것이 딱히 있겠어요? 이것이 다른 사람이나 분위기로 인해 어쩔 수 없이 그렇게 되어버린 것이 아닌 이상, 즉 당신의 온전한 선택이었다고 스스로에게 말할 수 있다면 그 이후에 이어지는 감정에 대해서도 결국 자연스럽게 받아들이게 될 거예요. 원나잇으로 끝나든, 원나잇으로 시작해 새로운 관계가 이어지든 말이죠.

갑작스럽게 생긴 일이었기에 이것이 정말 내 선택이었는지 아니면 분위기 때문에 그렇게 '되어버린' 일인지 헷갈리는 건 당연해요. 다만 그 이후에 일어나는 감정이나 여타의 상황으로 인해 혼란스럽고 싶지 않다면, 원나잇을 결정하는 것은 100% 내 선택이어야 한다는 걸 잊지 마세요. 내 인생의 스위치는, 내가 눌러야 후회가 없더라고요.

남자친구가 저에게 시간을 내주지 않습니다

정말 오랫동안 좋아한 사람이랑 사귀게 됐어요. 그런데 그 남자는 저를 만나는 날마다 데이트 이후에 다른 사람들과 저녁에 약속을 잡아요. 2시에 만나 6시에 헤어지고 1시에 만나 5시쯤 헤어지는 식이죠.

오늘이 제 생일이라 하루 전인 어제 만났는데 역시 또 일이 있다고 하더라고요. 생일 선물로 다른 거 없어도 괜찮으니 그냥 하루만 나랑 있어달라고, 아침에 만나 저녁에 헤어져보자고 그렇게 이야기해서 만난 거였는데……. 왜 사귀는 사이에 만나는 것이 이렇게 힘들까요. 그냥 더이상 기대하지 말아야 할까요?

바쁘면 시간을 쪼개 써야 하죠. 데이트만 하면서 하루를 보낼 수도 있지만, 매번 그렇게 하기에 우리는 각자의 삶이라는 게 있으니까요. 하루종일 일해서 너무나 피곤하고 쉬고 싶지만 시간을 쪼개서 함께 밥을 먹기도 하고, 주말에 그냥 집에 있고 싶지만 그 사람과의 시간도 소중하기에 피곤함을 무릅쓰고 데이트를 하기도 하고요. 아마 당신도 지금까지 그의 이런 태도를 참고 견뎠던 건, '그 사람도 나름 바쁠 테니까 나만 만날 수는 없겠지'란 생각을 해서였을 것 같아요.

하지만 이건 그런 경우가 아닌 것 같은데요? 이래저래 바쁘고 할 일이 많은 상황 속에서 당신과의 시간을 어렵게 만들어가는 것이 아니라, 함께 있는 시간을 내기가 그저 귀찮은 것으로 보여요. 네 시간 정도의 데이트가 그에겐 충분할지 몰라도 당신은 그걸로는 충분하지 않다고 말하고 있는데, 전혀 들어줄 생각도 하지 않는 것으로 보이고요. 게다가 다른 날도 아니고 1년에 하루 있는 생일에까지 '같이 있어달라'고 말하게 만드는 건, 지금 이 관계가 사귀는 사이가 맞는지 의문마저 품게 하네요.

사랑이라는 것까지 갈 필요도 없어요. 다만 한 사람이 다른 한 사람을 알아가는 일에는 그만큼의 시간과 노력이 필요한 거잖아요. 내 것을 온전히 내어주지 않는 사람, 함께 무언가를 공유하고 있다는 느낌을 조금도 주지 않는 사람을 곁에 둔다는 건 너무 힘든 일이에요.

연애를 하다보면, 이래저래 힘든 일은 얼마든지 있을 수 있어요. 하지만 그저 이래저래 힘든 일 정도가 아니라 '내가 구걸하고 있다'는 감정이 들 정도라면, 그건 불행한 관계가 맞아요. 혼자 있을 때보다 행복해질 수 있다고 믿기에 연애를 선택한 거잖아요? 힘든 일도 있겠지만 그 안에서 행복할 거라고 믿었기 때문에 지금 그 사람을 선택한 거잖아요? 당신을 갈증나게 만드는 남자와는 절대 행복할 수 없어요. 그리고 당신은 당신이 원하는 연애를 선택할 권리가 있고요. 지금의 그 남자는, 당신의 그 권리를 전혀 고려하지 않는 사람인 것 같네요.

그에게 애원하는 건 그만두셔야 해요. 그리고 이젠 마지막으로 방법을 바꿔보세요. "나에게 집중하지 않는 모습 때문에 많이 실망했고, 이 부분이 바뀌지 않는다면 나는 너와 같이 갈 수 없을 것 같아"라고 말해보세요. 정당한 요구를 정당한 방식으로 말했는데도 아무것도 바뀌지 않는다면, 그땐 결정을 내려야겠죠. 내 손에 쥐는 것을 통해 내가 어떤 사람인지 알게 되기도 하지만, 내 손에서 놓아버리는 일을 통해서도 우리는 우리가 어떤 사람인지 알게 되는 법이니까요.

매번 짝사랑만 하고 말아요

중고등학교 학창 시절에 짝사랑을 하며 심하게 앓아서일까요? 이십대에도 짧은 연애를 서너 번 했지만 역시나 끝이 너무 아파서일까요? 나름대로 자기방어를 한답시고 차가운 이미지를 고수하고 있는 스물다섯 여자입니다. 하지만 문제는 애써 차갑고 시크한 척하다가도 제 취향을 저격하는 남자를 만나면 또 옛날처럼 짝사랑에 빠져버려요. 요즘은 뻔히 여자친구도 있는 사람에게 자꾸만 마음이 가서 힘든 상황이고요.

어떻게 하면 사랑을 대하는 제 감정이 좀더 건강하고 단단해질 수 있을까요?

과도한 자기방어는 상처받고 싶지 않은 마음으로부터 오죠. 그러면서도 순식간에 허물어지는 건, 그만큼 사랑받고 싶다는 강렬한 욕망으로부터 오고요. 하지만 사랑과 상처는 아주 많은 경우 하나의 상자에 들어 있는 패키지 같은 것이기에, 상처는 쏙 뺀 채로 사랑만 택하고 싶은 사람들의 욕망은 대부분 이루어지지 않는 경우가 더 많죠. 오직 상처를 두려워하지 않는 사람들만이, 사랑을 경험하죠. 발이 젖는 것을 두려워하면서 바닷물의 시원함을 느낄 수는 없으니까요.

　한 가지 걱정스러운 건 당신이 자꾸만 짝사랑만 한다는

점이에요. 마음을 털어놓을 용기를 내지도 못하고, 심지어 이미 곁에 다른 사람이 있는 사람에게 마음을 품고서 괴로워하는 식으로요. 사랑이 이루어지면 그후에 오히려 상처를 받을 수도 있다는 두려움이, 당신으로 하여금 '결국엔 실패로 끝날 법한 사랑'에 끌리게 만드는 것은 아닐까요? 사랑을 하고 싶다고 입으로는 말하고 있지만, 사실은 정말로 사랑에 빠지는 것도 두려운 거죠.

혼자 마음을 키워가는 일도 소중하지 않은 건 아니지만, 사람과 사람의 관계는 관계된 모든 사람이 마음이 편하고 자연스러워야만 잘되는 것 같더라고요.

세상에 자기가 소중하지 않은 사람은 없어요. 그리고 상처받는 것이 아무렇지 않은 사람도 없을 거예요. 하지만 상처받을 때 받더라도 지금의 이 사랑이 너무 좋기 때문에 다들 감당하고 감내하고 그렇게 살아가는 것이 아닐까요. 저 역시 쉽게 마음을 주는 타입인데, 짝사랑도 많이 해보고 또 그러다 혼자 마음이 뜨거워져서는 고백도 여러 번 해봤기에 마음의 상처가 참 많았던 날이 있었어요. 하지만 어느 순간, 거절당하고 상처받아도 그 모든 건 그냥 '나'라는 생각을 하니까 그렇게 편해질 수가 없더라고요.

상처받아도 돼요. 안 죽어요. 상처도 당신의 일부이고, 당신 선택의 일부라고 받아들일 수 있다면 훨씬 더 편해질 거예요. 애써 차갑고 시크한 척 연기하며 살지 마세요. 좋으면 좋다고 그냥 솔직히 표현하시고요. 내 연약하고 부족한, 상처를 두려워하는 그 모든 모습을 '이게 난데, 어쩌라고!' 하며 받아들이게 되는 그 순간, 아주 많은 부분들이 편안해질 거예요. 겁내지 말아요. 당신은 강한 사람이에요. 당신이 지금 내 앞에 있다면, 꼭 안아주고 싶네요.

누군가와 사랑하는 일이란

'나의 사용 설명서'를 만들어
그 사람에게 친절히 설명하는 일이 아닐까?
연애하기 전에는 미처 알지 못했던 부분까지
설명서에 쓰게 된다는 점은
연애의 황홀함이자 고통이겠지만.

여자친구가 질투를 아주 많이 합니다

현재 4년을 만난 여자가 있습니다. 저는 사람 만나는 걸 워낙 좋아해서 주변에 여자사람친구들이 많아요. 하지만 여자친구는 질투가 아주 많습니다. 친구들도 여자친구의 존재를 알고 여자친구도 제 친구들에 대해 아는데도, 여자친구는 제가 그 친구들을 만날 때 많이 속상하다고 합니다. 제가 친구들과 술을 마시는 것도 아니고 그냥 밥 먹고 차 마시는 게 전부인데 말이죠.

연애라는 게 원래 그렇죠. 내가 그 사람의 유일한 사람, 가장 소중하고 귀한 일순위의 사람이 되길 바라는 일과도 같으니까요. 인생의 많은 순간, 우리는 주인공이라기보다는 누군가의 들러리라는 느낌을 받을 때가 있지만 적어도 연애하는 관계에서만큼은 내가 주인공이 된 느낌을 받죠. 이것이 어쩌면 이렇게 차갑고 각박한 현실 속에서도 우리가 끊임없이 누군가를 찾아 헤매는 이유일지도 모르겠습니다.

당신은 그저 아무 사심 없이 이성 친구들을 만나는 것뿐인데 여자친구가 불편하게 느끼는 건, 아마도 '내가 그의 가장 소중한 사람'이라는 기대가 충족되지 않기 때문일 겁니다. 자신과 최대한 많은 시간을 보냈으면 하는 마음인 건데, 여자사람친구를 만날 시간을 꼬박꼬박 떼어놓는 당신에게 모종의 서운함을 느꼈을 것도 같네요. 당신 입장에선 그저 '밥 먹고 차 마시는 일'이라고 단순하게 표현하고 싶겠지만, 연인들이 하는 데이트도 사실은 거의 대부분이 밥 먹고 차 마시는 일이 아니던가요. 서로에게 관심을 기울이고, 웃음을 공유하고, 시간을 나누는 일이 바로 그런 순간이니까요. 어쩌면 '나와 하는 일들을 다른 사람과도 똑같이 하는구나'라는 생각이 그녀를 서운하게 만들 수 있죠. '나와 웃고 떠드는 시간으로는 충분하지 않은 걸까?'라는 생각도 들었을 테고요. 당신은 '질투'라고 콕 짚어 표현했지만 글쎄요, 그건 질투이기에 앞서 '나는 그 사람에게 아주 중요한 사람은 아닐지도 몰라'라는 낙심이 아니었을까 싶네요. 당신이 그녀의 감정을 그저 질투라고 폄하해버리는 순간, 서로의 감정의 골은 더 깊어지지 않을까요.

아마도 당신은 묻고 싶을 겁니다. 사람 만나는 걸 좋아하는 게 문제냐고, 연애는 연애고 다른 인간관계는 인간관계이니 둘 다 소중한 것 아니냐고요. 네, 맞아요. 연애를 시작하면 다른 이성과의 모든 관계를 칼로 무 자르듯 하는 것은 저 역시 오히려 건강하지 못한 일이라고 생각합니다. 세상의 절반이 여자이고 남자인데, 어떻게 나머지 절반의 사람을 의식적으로 회피하면서 살 수 있겠어요? "나 이외에 다른 남자는 절대 만나지 마" "다른 여자 번호 같은 건 다 지워"라고 말하는 사람하고는 도저히 사귈 수 없을 거예요. 저는 저의 자유를 존중하고, 저를 신뢰하는 사람이 아니면 사랑할 수 없을 테니까요.

다만 지금 이대로, 그녀의 감정을 그저 질투로 치부하고 답답해하는 상태에서는 해결할 수 있는 게 없다는 것쯤은 수월하게 짐작할 수 있습니다. 그녀는 의심하고 당신은 답답해하는 지금의 상태가 계속된다면 합의점은 절대 생겨나지 않을 겁니다. 그러니 합의점을 찾아야 해요. 그러기 위해서는 당신은 그녀가 왜 서운해하고 불안해하는지를, 그녀는 당신이 왜 많은 사람들과 교류하기 원하는지를 알아야 하고요.

아주 차분하게 대화의 시간을 가져보세요. '내가 왜 서운하고 불안한지' '내가 왜 다른 여자들과도 계속 밥 먹고 차 마시기 원하는지' 이야기하는 시간을 통해 나에게 중요한 것과 그 사람에게 중요한 것들을 알아가는 시간을 가져야 할 것 같네요.

남자친구가 전여자친구와 계속 연락을 합니다

남자친구의 전여자친구가 그에게 보낸 메시지를 보게 되었어요. 어떻게 된 거냐고 따졌더니 그는 전여자친구가 돈을 빌려갔었는데 아직도 받지 못해 연락하게 됐다고 하더군요.

하지만 저는 그녀에게 연락 오는 게 너무 싫은데, 빌려준 돈이 적은 액수는 아니라 받지 말라고 할 수도 없어요. 남자친구에게 전여자친구와 연락하지 말라고 해도 될까요?

당신이 본 메시지에서 그가 전여자친구라는 사람에게 아직 미련이 남아 있거나, 분위기 봐서 다시 만나려고 하는 것처럼 느껴졌나요? 그런 게 아니라면 전여자친구와 연락한다는 사실 자체에 너무 신경쓸 필요는 없을 것 같아요. 그는 정말로 돈을 받아야겠다고 생각했을 뿐일 테니까요.

다만 "계속 이런 식으로 연락하는 건 내 입장에선 좀 불편하다"라고 그에게 얘기하긴 해야겠죠. 이때 그가 어떻게 나오는지 잘 살펴보세요. "왜 이런 것도 이해 못해주냐"며 화를 내는 남자일지, "불편한 건 알겠는데 어쩌라는 거냐"고 반응하는 남자일지, "네 마음 알겠다, 빨리 받을 수 있도록 궁리해보겠다"라고 말하는 남자일지 지켜보는 거죠. 그다음은 제가 굳이 말 안 해도 아시겠죠?

그의 권위적인 말투 때문에
존중받지 못하는 기분이 들어요

이십대 중반의 여학생입니다. 나이 차이가 많이 나는 남자와 1년 정도 만나고 있습니다. 그런데 요즘 사소한 말 때문에 다툼이 늘고 있습니다. 예를 들어, 그가 장난스럽게라도 "오빠한테 대들지 마라" 하면 작은 일이라도 존중받지 못하는 것 같아서 기분이 상하더라고요. 그래서 그런 제 기분을 이야기하면 그분은 제 마음이 문제라고 합니다.

사소한 말에 신경쓰는 제가 정말 문제일까요? 그렇다면 어떻게 마음을 바꿔야 할까요?

"오빠에게 대들지 마라"는 말은, 아마도 나이 차이가 많이 나는 남자친구 입장에서는 당신이 귀엽기도 하고, 장난처럼 오랫동안 해왔던 말버릇 같은 것일 수는 있겠어요. 하지만 그게 아무리 좋은 의도였고 또 아무리 장난스러운 말이라고 해도, 상대방이 듣기에 불편하다고 문제 제기를 한다면 조심해야 하는 게 맞죠. 나와 중요한 관계를 맺고 있는 사람이 "존중받지 못하는 것 같아 기분이 상한다"고 말하는데, 그 말을 무시하면서 "그런 감정을 느끼는 네가 문제"라고 하는 건 분명히 잘못된 것이 맞고요. 존중받지 못하는 기분이 든다고 말한 건 정말 잘한 것인데, 그는 당신의 말을 들어줄 생각이 별로 없어보여서 조금 절망적이기도 하네요. 그에게는 사소한 말일지 모르지만, 당신에겐 사소한 일이 아니잖아요.

존중받지 못한다는 느낌을 지속적으로 받는다면, 당신에게 이 연애는 괴로운 고행길이나 마찬가지가 될 거예요. 결국 당신이 이 관계를 참을 수 없게 될 거고요. 존중받지 못한다는 느낌이 드는데도 그 관계를 계속할 만큼, 당신은 눈을 감고 사는 사람이 아니기 때문이죠. 다만 말버릇의 문제이든, 당신을 대하는 전반적인 태도가 권위적이든, 여기서 중요한 것은 오직 당신의 감정이에요. 충분히 존중받고 있다고 생각하는 관계로만 우리 삶을 채워가기에도 삶은 참 짧으니까요.

톡으로 이별 통보를 받았습니다

열 살 연상의 남자와 6개월간 사내연애를 했습니다. 나이 차도 많았던데다 사내연애라 당연히 비밀로 했죠. 5개월쯤 됐을 때 그가 타지역으로 발령이 났는데, 그래도 평일이든 주말이든 자주 데이트를 했습니다.

그렇게 한 달쯤 지났을까, 데이트 도중에 유난히 말이 없고 고민이 있어 보여서 무슨 일이냐고 물었죠. 그랬더니 "우리가 언제까지 이렇게 만날 수 있을까, 우리 미래가 확실하지 않다는 생각 때문에 당신에게 올인이 안 돼"라고 말하더군요.

다음날 그는 결국 톡으로 이별을 통보했습니다. 만나서 말이라도 속 시원히 하고 마무리하면 좀 괜찮을 것 같은데, 이 상황은 받아들이기도 힘들고 마음 정리가 안 됩니다. 먼저 연락하기엔 자존심이 상하고요. 어떻게 해야 할까요?

예전엔 그래도 이별하는 순간만큼은 만나서 마음에 있는 말도 하곤 했는데, 언제부터인가 톡으로 이별을 선언하는 일들을 주변에서 참 많이 보게 되는 것 같아요. 어차피 헤어질 사이인데 굳이 만나서 감정적으로 소모될 필요 있나 하는 생각 때문에, 혹은 만나서 이야기하는 것이 못내 부담스럽다는 생각 때문에, 우리는 이런 허무한 이별의 방식을 택하게 되는 것 같네요.

만나서 말이라도 속시원히 하면 좀 낫겠죠. 하지만 그러자니 자존심이 상할 것 같은 것도 당연한 일이고요. 그런데 한번 곰곰이 생각해보세요. 나에게 이별할 때조차 매너를 제대로 지키지 않은 남자에게 연락 좀 했다고 해서 당신이 무려 자존심까지 상하게 될까요? 아뇨. 저는 오히려 당신이 생각하는 것과 반대의 일이 일어날 거라고 생각해요. 당신을 거절해버린 사람이지만 그 사람에게 뒤늦게라도 당신의 마음을 허심탄회하게 말할 수 있게 되는 순간, 오히려 당신의 자존감은 성장하게 될 것이라고요. 그 과정이 조금 힘들 뿐, 오히려 당신에게는 좋은 시간으로 기억될 거라고 확신해요.

하지만 어쩌죠. 그 사람이 허락하지 않는다면 마지막으로 한번 만날 일 같은 건 일어나지 않을 거예요. 마음에 있는 말이라도 속시원하게 하고 헤어지는 일이라는 건, 그럴 만한 사람을 만났을 때나 가능한 일이죠.

자신감이 없어서 연애는 못하지만 가끔은 정말 외로워요

졸업을 앞두고 있는 스물다섯 살 여대생입니다. 저는 얼굴도 보통이고 몸매도 하체비만에 스스로에게 자신감이 거의 없는 편입니다. 그래도 대학교에 들어가면 남들처럼 저도 연애를 할 줄 알았어요. 그렇지만 어문 전공이라 학과 내 남녀비율은 2 대 8인데다가 술도 별로 안 좋아하고, 동아리 활동도 하지 않아서 남자를 사귈 기회가 많이 없었습니다.

한 남자동기는 저보고 "너는 정말 여자로서의 매력이 없다"고 하더군요. 그 이후로 점점 추락하는 자신감을 자존심으로 채우기 위해 열심히 공부하는 그런 대학생이 되어버렸습니다. 그렇지만 가끔 저도 정말 외롭거든요. 엄마 아빠가 아닌 누군가가 나를 사랑해줄 때의 감정도 알고 싶고요.

어떻게 하면 저도 연애를 할 수 있을까요?

자신감과 연애의 상관관계라는 것이 있을까요? 자신감이 아주 많이 넘치지만 소개팅만 나갔다 하면 거절을 당하는 사람이 있는가 하면, 자신감이 너무 없어서 같이 있다보면 힘들어지는 타입인데도 은근히 쉬지 않고 연애를 하는 사람도 많더라고요. 그런 걸 보면 꼭 자신감이 많아야 연애를 잘한다는 공식 같은 건 세상에 없다는 생각이 들어요. 당신이 연애를 못한 건 자신감의 부족 때문은 아니라는 겁니다.

다만 확률의 문제가 존재하긴 하는 것 같아요. 이왕이면 자신감 있는 사람이 연애를 시작할 기회에 더 많이 노출된다는 거죠. 아무래도 스스로에게 자신감이 있으면 많은 사람들이 있는 장소에서 자신을 드러내기도 좀더 수월해지고, 술자리에서도 눈에 띄게 되고, 낯선 장소에 혼자 가서 의외의 만남을 갖는 일도 많아질 테니까요. 당신이 술을 좋아하지도 않고, 동아리 활동도 하지 않았던 건, 어쩌면 개별적인 취향의 문제가 아니라 남들과 함께 어울리는 것을 편치 않게 생각하는 성향 때문일 거예요.

다만 스스로를 자책하는 건 좀 안쓰러웠어요. 자신감 없는 사람으로 나를 규정하는 순간, 내가 하는 모든 행동에 대해 '난 자신감이 없어서 이런 건 못해'라는 식으로 오히려 자신을 갑갑한 틀에 가두게 되거든요.

이십대라는 시간은 '나다운 것'의 리스트를 적어나가는 것이라고 생각하는데, 나는 자신감이 없다고 머릿속에 못박듯 생각하는 순간 나는 그저 자신감 없는 사람으로 살아야 할 수도 있는 거죠. 자신감은 얼마든 생길 수 있는 것이고, 또 어쩌면 나는 그저 많은 사람들과 어울리는 것이 불편한 '내성적 성향'의 사람인 걸 수도 있어요. 그러니 일단은 '나는 자신감 없는 사람이에요'라는 생각으로부터 좀 빠져나왔으면 좋겠어요.

이쯤에서 저도 고백을 해야 할 것 같네요. 늘 자신 있어 보이는 제가 어떻게 그렇게 자신 없는 사람의 마음을 다 아는 듯 말할 수 있느냐고요? 저도 당신처럼 그랬거든요. 사람들하고 이야기하는 것이 두렵고, 매력도 없는 것 같고, 남들은 다 연애하는데 나만 자신감 없어서 못하는 것 같고……. 자책 빼면 아무것도 안 남는 이십대를 보낸 사람이에요, 제가. 시간이 많이 흐르고, 또 제가 선택한 일 속에서 정말 많은 일들을 경험하면서 아주 서서히 그 자책을 덜어낼 수 있게 됐어요. 힘들었지만, 나다운 게 뭔지 몰라서 헤맸던 그 시간은 충분히 가치가 있었다고 생각해요.

하지만 스스로 프레임을 만들어놓고 그 속에 나를 가둔 것이 나 자신이기에, 그 속에서 빠져나오는 것도 오직 자신의 힘으로 해야 한다는 걸 기억했으면 해요. 누군가 갑자기 나타나 당신에게 달콤한 목소리로 "당신 너무 예뻐요, 나랑 연애합시다"라며 당신의 자존감을 올려주는 일 같은 건 일어나지 않을 테니까요.

지금 당장 연애를 목표로 특정한 노력을 시작하기보단, 당신이 당신 스스로에게 하루에 한두 시간이라도 좋은 느낌을 가질 수 있게 일상에 작은 **변화를** 가져오는 것이 가장 중요합니다. 운동이든, 취미생활이든, 하루 5분 명상이든 당신이 좋은 느낌을 가질 수 있는 일이 무엇이든 그걸 시작하세요. 당신에게 상처 주는 사람들의 목소리에 더이상 귀를 기울이지 말고 나의 목소리를 잘 들어주는 것, 그래서 내가 나를 사랑한다는 느낌을 갖게 되는 것. 그것이 다른 사람에게 사랑받기 전에 당신이 경험해야 할 가장 중요한 일일 겁니다.

아 참, 당신에게 '여자로서의 매력' 운운한 남자동기에게는 꼭 이렇게 얘기해주세요. "너나 잘하세요"라고요.

한번 화가 나면 끝을 보는 남자, 두렵기까지 합니다

1년 정도 사귄 남자친구와 결혼 이야기가 오가는 중이에요. 평소에는 누구보다 자상하고 남자답고 리더십도 있고, 심지어 돈도 잘 버는 남자친구죠.

그런데 한 가지 문제가 있습니다. 평소에는 한없이 자상한 남자친구이지만 한번 화가 나면 끝까지 그 화를 표출해야만 하는 성격 때문이에요. 하도 무섭게 화를 내는 일이 반복되니 이제 함께 데이트를 할 때도 혹시나 다른 사람과 시비가 붙을까봐 두렵기까지 합니다. 저와 말다툼을 할 때도 말하다 말고 그냥 가버린다거나 제가 먼저 전화해서 미안하다고 할 때까지 절대 연락을 안 합니다.

화낼 때는 정말 무섭지만, 화나지 않았을 때는 최고의 남자. 이 사람과 결혼해도 될까요?

화나지 않았을 때는 최고의 남자친구라고 표현하셨는데요, 그건 말하자면 '화내는 것만 빼면 최고의 남자친구'라는 거겠죠? 하지만 사람은 "무엇무엇만 빼면 정말 좋은데"라고 말해서는 안 된다고 생각해요. 왜냐하면 사람은 무슨 부품 하나 빼듯이 그렇게 '무엇무엇만 뺄 수 있는' 존재가 아니니까요. 많은 사람들이 그렇게 부품 빼듯이 그 사람의 어떤 특징이 사라질 것을 가정하고 결혼을 하지만 결국 그 부분 때문에 헤어지고 말더라고요.

그저 다행인 것은, 적어도 당신이 결혼이라는 큰 결정을 하기 전에 남자친구의 성격에 단점이 있다는 것을 깨달았고 그것을 심각하게 고려하고 있다는 점일 겁니다. 급하게 결혼을 결정하거나 오래 사귀었어도 결혼 전에 상대방의 성격적 결함을 미처 인지하지 못하는 경우도 정말 많아요.

당신이 지금 상황에 결정해야 하는 건 딱 하나뿐입니다. '나는 지금 모습 그대로의 이 남자를 끌어안고 갈 수 있는가', 즉 상황이 전혀 나아지지 않더라도 그를 감당하고 이해할 수 있겠는가의 문제 말이죠. 지금은 데이트할 때만 남자친구와 함께 시간을 공유하겠지만, 결혼 이후에는 매일 밤과 매주말을 공유하고, 경제적 공동체가 되고, 서로의 가정사를 모두 공유하며, 앞으로의 미래에 대해 함께 의논하는 관계가 될 테니까요. 지금은 '가끔 무섭게 화내는 남자친구'일지 몰라도, 나중엔 '매일 밤 당신을 불안에 떨게 하는 남편'이 될 수도 있는 것이 바로 결혼의 기본 세팅이기 때문이니까요. 30년 가까운 기간 동안 만들어진 성향이라는 것이, 결혼을 했다고 갑자기 개과천선할 수는 없는 일. 감히 예측해보건대 그의 분노조절장애는 지금 당신이 느끼는 것보다 훨씬 잦은 빈도로 일어나게 될 가능성이 굉장히 높습니다. 그러니 스스로에게 물어보세요. 감당할 수 있겠니, 라고요.

그걸 감당하고서라도 당신이 그 사람과 함께하는 삶을 소중하게 생각한다면 누구도 그 선택에 대해 뭐라 할 순 없을 겁니다. 하지만 감당하기 힘들겠다는 생각이 들면, 절대로 감당할 수 없는 그 길로 가지 마세요. 누군가의 울분을 매일같이 감당하면서 당신의 남은 시간을 보낼 수는 없는 일이니까요.

저는 그렇게 생각해요. '평소에는 누구보다 자상하지만 화가 나면 누구보다 무서운 사람'이 아니라, '평상시에든 화났을 때든 옆 사람을 배려하는 사람'이면 좋을 것 같다고요. 언젠가 폭발할 사람인데, 평소에 자상하다고 해서 그거 어디에다 쓰나요? 모쪼록 이 편지가 닿았을 때, 당신이 이미 진행되어버린 결혼 이야기에 떠밀려 식장을 잡지 않았기를, 그저 당신이 여전히 고민하고 있기를 바라봅니다.

여자들은 원래 몸 따로 마음 따로인가요?

스물세 살 남자입니다. 여자친구와 1년이나 사귀었는데 아직 첫 경험은커녕 키스도 하지 못했습니다. 심지어 1박 2일로 여행을 가서도 여자친구는 결국 완강히 거부했습니다. 남자는 성적인 관계를 갖는 것이 정말 중요하잖아요. 여자들은 사랑을 해도 몸과 마음이 따로 놀 수 있는 건가요?

어머, 무슨 소리 하시는 거예요. 성적인 관계를 갖는 것이 남자에게만 중요한 일은 아니고요, 제가 아는 사람들 중에 정말 몸 따로 마음 따로인 건 남자 쪽에 더 많던데요. 성급한 일반화의 오류라는 게 다른 게 아니죠. 남자는 이렇잖아요, 여자는 이런 건가요? 이렇게 물어보는 순간 우리는 상대방을 이해하기보다는 오해하게 되기 쉬울 뿐이고요. 당신이 '여자들은 사랑을 해도 몸과 마음이 따로 놀 수 있는 건가요?'라고 묻는다면, 저는 해드릴 이야기가 없어요. 그러니 일단 질문을 좀 바꾸고 이야기를 시작해보기로 할게요. '저는 그녀와 스킨십을 하고 싶은데 그녀는 완강히 거부합니다. 왜 거부하는지를 알고 싶습니다.' 이렇게 고치면 적당하겠죠?

　　그녀가 당신과의 키스도 섹스도 거부하는 건요, 한마디로 내키지 않아서입니다. 당신이 하고 싶은 것처럼, 그녀는 그저 하고 싶지 않은 거예요. 남자라서, 여자라서, 그런 것이 아니라 그녀는 그저 하고 싶지 않은 겁니다. 스킨십은 관계된 두 사람의 합의가 있어야 하고, 그것이 없는데도 강제적으로 행해질 경우 그건 곧바로 성추행과 성폭력의 범위에 드는 일이 돼요. 그만큼 본인의 의사가 중요하고, 서로의 합의가 중요한 부분이라는 거죠. 하고 싶다는 당신의 욕구가 중요하듯, 하고 싶지 않다는 그녀의 욕구도 존중받아야 한다는 것을 꼭 말해두고 싶었습니다.

그렇담 의문이 들 겁니다. 당신은 이렇게 하고 싶은데 그녀는 왜 하고 싶지 않은지. 첫째, 스킨십이나 섹스 자체에 대한 두려움 때문일 수 있어요. 당신을 정말 좋아하고 아끼지만 그 마음이 곧장 '만지고 싶다' '섹스하고 싶다'는 마음으로 이어지지 않는 건 바로 이 두려움이라는 장애물 때문일 수 있죠. 십대의 남자들은 스킨십이나 섹스에 대해 또래 집단을 통해 좀더 적극적으로 좀더 빨리 다양한 정보를 받아들이게 마련이지만, 그 나이대의 여자들은 그만큼은 아니라는 겁니다. 또한 당신처럼 많은 남자들이 '남자는 성적인 관계를 갖는 게 정말 중요하다'고 배우면서 자라나지만 여자들은 오히려 그 반대의 메시지를 듣고 자란다는 점에서, 이 장애물이 생기고 생기지 않고가 갈리는 것 같기도 해요. 성교육의 대부분 내용이 순결주의나 낙태의 잔인함에 대한 것이니 스킨십이나 섹스를 몸이 더러워지는 것이나 몹쓸 짓으로 받아들이는 여성이 많은 것도 이상한 일은 아니죠.

두번째, 스킨십을 하게 되면 당신과의 관계가 그런 쪽(!) 으로만 흘러가게 될까봐 걱정돼서일 수도 있어요. 아마 그녀는 주변에서 친구들을 통해 많이 들었겠죠. 성관계를 하고 나서 그전과 어떤 식으로 관계가 변화되는지에 대해서 말이에요. 이성을 많이 만나본 것도 아니고 누군가와 섹스를 하는 것에도 익숙하지 않은 이십대 초반에 공유하는 경험이라는 건, 편안하고 나를 성장하게 만드는 연애담보다는 불안정하고 상처받는 연애담이 많지 않았을까요. 두 사람의 관계가 갑자기 달라지는 것보다는, 지금의 이 관계를 잘 지키고 싶은 것이 그녀의 마음일지 모릅니다.

사랑하는 사람과 뜨겁게 몸의 대화를 하고 싶은 당신의 감정은 타당하지만, 아직은 그러고 싶지 않은 그녀의 감정도 똑같이 타당하다는 걸 인정하는 순간, 그녀는 조금 더 당신에게 마음을 열지 않을까요. 끌려오지 않는 상대를 억지로 끌고 가려고 하는 것만큼 바보 같은 일도 없답니다.

부재중 전화 135통, 집착이 심한 남자와 만나고 있습니다

남자친구가 저에 대한 집착이 좀 심한 편입니다. 휴대폰 비밀번호, 이메일 비밀번호는 물론 24시간 동안 어디서 뭘 하는지 다 알아야 한다고 하네요. 서로 사랑하는 사이인데 사생활이 왜 필요하냐는 겁니다. 한번은 전화를 못 받은 적이 있는데 부재중 전화가 135통이 와 있더라고요.

사랑을 빌미로 상대방의 모든 것을 다 체크하고 감시하는 것이야말로, 그 관계를 망치는 가장 쉬운 방법이죠. 당신이 그의 집착을 아무렇지 않게 받아들일 수 있다면 또 모르겠지만, 이런 행동에 대해 이미 불편함을 느끼는 상황에서 이 관계의 미래라는 건 그리 밝아 보이지 않고요.

저라면 아무리 좋은 사람이라도, 나를 이토록 믿지 못하고 자기가 만들어놓은 틀 안에 가두려고 하는 사람이라면 더 이상 함께할 수 없다고 생각했을 거예요. 저는 이런 사람과 함께 있는 것만으로 내 존재의 중요한 부분이 훼손되는 기분이 든다는 걸 잘 알고 있으니까요.

어쩌면 당신은 아직 '내가 이런 사람과 함께 지낼 수 있는 사람인지 아닌지'에 대해 판단을 내리지 못한 것일 수도 있어요. 너무 좋아하니 그럴 수도 있지, 내가 믿음을 준다면 언젠가는 그러다 말겠지, 뭐 그런 생각을 하면서요. 하지만 꼭 생각해보셨으면 하는 건, 과연 당신이 그 남자의 과도한 집착과 확인 욕구를 정말 영원히 충족시킬 수 있겠는가 하는 부분이에요. 네, 어쩌면 당분간은 그가 원하는 대로 이런저런 비밀번호도 알려주고, 어딜 가 있든 그 장소에서 영상통화도 하고, 그가 싫어하는 모임에는 굳이 나가지 않는 식으로 살 수도 있을 거예요. 하지만 그다음은요? 당신이 그의 기대대로 해주지 못할 만큼 이런 상황에 진저리를 내게 된다거나, 아니면 그 남자가 도저히 납득이 안 될 정도로 더 강한 조건들을 요구한다면요? 지금은 그저 그러려니 하고 참는 것이 어느 날 도저히 참을 수 없는 일이 되어버리는 순간, 관계는 지금 예상하는 것보다 훨씬 더 거대한 균열이 일어나고 상처는 더 커지게 될 겁니다.

물론 사랑하는 사람끼리 많은 일상을 공유하다보면, 특별히 사생활이니 뭐니 따지지 않아도 서로에게 오픈하게 되는 부분이 많아지는 것은 자연스러운 일입니다. 하지만 그렇다고 해서 '사랑하는 사이라면 사생활 같은 건 없어야지'라는 명제는 성립하지 않아요. 이건 '사생활'의 문제가 아니라 한 개인으로서 당연히 존재하고 또 지켜야 할 고유한 영역일 뿐이니까요. 사랑하는 사람끼리 서로 지켜줘야 하는 건 각자의 '은밀한 사생활'이 아니라 '한 인간으로서의 자유와 권리'인 것이죠. 이러한 기본적인 원칙에 대해서 합의가 되지 않는다면 그의 눈앞에 있지 않은 채로 당신이 보내는 시간 전부에 대해서 당신은 매번 죄의식을 느끼며 설명하는 수고를 감당해야 할 테니까요. 사람이 어떻게 그렇게 살겠어요?

저는 무엇보다도 이제 당신이 확실히 노선을 정했으면 좋겠어요. 그 사람 생각에 일방적으로 맞춰주지 말고, 당신이 편안하다고 느끼는 쪽을 택해야 한다는 거예요. 만약 정말로 연인 사이에 사생활 같은 게 필요하지 않다고 생각한다면 두 사람은 그럭저럭 서로 비슷하게 간섭하며 둘만의 리그에서 잘 지낼 수 있을지도 몰라요. 하지만 지금의 이 상황이 불편하고 나의 어떤 소중한 부분이 훼손된다고 느낀다면 절대로 더이상 그에게 선을 넘도록 해서는 안 돼요. 내가 원하는 곳에 갈 수 있는 권리, 간섭받지 않고 내가 원하는 일을 할 수 있는 권리를 쉽게 넘겨줘서는 안 됩니다. 이런 식으로는 지낼 수 없다고 확실히 선을 긋고, 당신의 생각을 또렷하게 표현하세요.

남자친구의 어린아이 같은 면을 모두 포용해야 하나요?

남자친구와 저는 서른셋 동갑내기입니다. 제 고민은 남자친구가 너무 어린아이 같은 행동을 한다는 겁니다. 단적인 예로, 제가 "떡볶이 먹고 싶다"고 말하면 남자친구는 "사주는 거야? 뭐 사줘? 뭐 사주는 거야?" 이런 식으로 반응을 해요. 늘 아이가 엄마한테 말하듯이 이야기를 하니, 연애를 하는 게 아니라 애를 키우는 느낌이 듭니다. 한번은 너무 답답해서 "왜 맨날 사달라고 하냐?"고 했더니 장난을 왜 그렇게 진지하게 받느냐고 하더군요.

하지만 입버릇처럼 사달라고만 하니 정이 떨어지기도 하고, 이 관계를 계속 이어나갈 수 있을지도 모르겠습니다. 남자친구를 포용해주지 못할 만큼 제 그릇이 작은 걸까요?

그릇이 작긴요. 저 같아도 너무 짜증날 것 같은데요? 저보다 세 살 어린 남자와 잠깐 만난 일이 있었는데, 그 남자가 한번은 애기 목소리를 내면서 "뭐 사줄 거예요옹?"이라고 말할 때 갑자기 손발이 오글거렸던 적이 있어요. 나이가 어린 남자도 아니고 동갑내기 남자가 매번 그런 식으로 말한다니, 당신이 느낄 당혹감을 아주 조금은 추측해볼 수 있을 것 같네요. 그런 상황이 자꾸만 이어지니 일단 짜증이 나고 점점 남자로도 보이지 않게 될 것도 같아요. 그 마음, 이해합니다.

하지만 남자친구가 그런 모습을 보여서 싫다는 당신의 감정은 타당한 것이라 해도, 남자친구가 왜 그런 식으로 말을 하는지도 한번쯤 생각해봐야 할 것 같아요. 그런 말투가 갑자기 생겼을 것 같지는 않거든요. 아마도 어렸을 때부터 그가 원하는 것이 있을 때 주로 하던 말버릇일 수도 있고, 혹은 좀 딱딱한 분위기를 부드럽게 만드는 데 필요한 말투라고 판단했을 수도 있어요. 즉 당신에게는 그의 말투가 너무 한심하고 어리게 보이겠지만, 그는 그저 자기에게 익숙한 말투를 사용했을 가능성이 있다는 거죠. 꼭 당신에게 뭐라도 얻어먹어보려고 그러는 건 아닐 거예요.

다만 어리광 부리는 그의 말투가 당신으로 하여금 실망을 느끼게 하고 자꾸만 미워 보이게 만든다면 그에게 말을 해야죠. "왜 맨날 사달라고만 하냐?"라고 채근하듯이가 아니라 "그런 식으로 말하는 거 솔직히 좀 불편해. 너와 나 사이에 별로 좋지 않은 영향을 줄 것 같은데 그만하면 좋겠어"라고 정식으로 항의를 해야 해요. 처음엔 저항이 있을 겁니다. 본인은 나쁜 의도가 아니었으니 더더욱요. 하지만 오랫동안 굳어진 말의 습관이라면 몇 번쯤 당신이 반복해서 이야기하지 않는다면 고쳐지지 않을 거예요. 한 번은 제대로 항의를 하고, 한 번은 차가운 표정으로 무대응을 하는 식으로 당신이 이런 분위기나 말투를 원하지 않는다는 걸 확실히 보여줄 필요가 있다고 생각해요.

이것이 그저 그런 잔소리가 아니라는 것을 어필하기 위해서는 시간과 노력이 필요해요. 이렇게 몇 번 반복하고 난 후, 그가 전처럼 어리광을 심하게 부리지 않고 평범하게 이야기하게 되면 "그렇게 말하는 거 보니까 정말 좋다"며 당신이 그의 변화를 아주 좋게 생각하고 있다는 걸 알려주세요.

아……. 그런데 갑자기 드는 한 가지 걱정. 정말 매번 사달라고 하는 건 아니죠?

그녀에게 가고 싶다는 그를 보내줄 수 없어요

사귄 지 4주년이 다 되어가던 시점, 남자친구가 바람이 난 것을 알게 됐습니다. 최근 9개월 동안 서로 다른 나라에서 지내야 했지만, 매일 통화하고 문자도 했기에 아무 문제가 없다고 생각했는데…… 결과는 그의 바람이었어요.

그는 "너도 사랑하지만 그녀에게 가고 싶어, 미안해"라며 근 한 달간 제 앞에서 울고불고하는 상황입니다. 저도 아직 그 사람을 사랑하는데 어떻게 해야 할지 모르겠습니다.

이미 바람을 피웠고, 그 사람에게 가고 싶다는 사람의 눈물은 '이제 그만 나를 놓아달라'는 뜻 이상도 이하도 아닌 것 같은데요. 당신이 그를 사랑하든 말든, 그건 이제 더이상 중요하지 않은 상황이 온 것 같아요.

놓아주세요. 당신에게서 이미 마음을 돌린 사람에게 변함없이 사랑을 주기에, 당신의 마음이 아깝습니다.

하자는 대로 했다가 '밝히는 여자' 소리를 들었습니다

혼자 살고 있는 남자친구 집에서 주로 데이트를 하게 되는데, 그는 야한 영화를 다운받아놓고 함께 보자고 합니다. 별로 보고 싶지 않지만 틀어놓으니 보게 되고, 그러다보면 자연스럽게 키스를 하고 애무도 하게 됩니다.

그런데 이 남자, 꼭 분위기를 한껏 달아오르게 해놓고 갑자기 멈춰버립니다. 제가 "이렇게 끝낼 거야?"라고 물으니 "뭐야, 너무 밝히는 거 아니야?"라며 저를 마치 섹스에 미친 여자 취급을 하더군요. 이 남자 왜 이러는 걸까요? 자존심이 상하는데, 그럴 만한 거 맞죠?

한껏 달아오르게 만들어놓고 갑자기 멈춰버린다고요? 이쪽에선 원하지 않는데 제멋대로 진도를 나가는 남자친구 때문에 당황스러웠다는 이야기는 많이 들어봤지만, 이건 참 흔치 않은 경우인 것 같네요. 첫째, 그는 당신과의 스킨십을 서로 교감을 나누려는 목적보다는 당신을 컨트롤하고자 하는 의도로 이용하고 있다는 생각이 들어요. 둘째, "너무 밝히는 것 아니야?"라는 말을 한다는 것을 보면, 여성의 성욕을 인정하지 않는 것으로도 보이고요. 둘 중 하나든, 둘 다이든, 그가 사랑하는 사람과의 스킨십에 대해 굉장히 비틀린 태도를 갖고 있는 것은 확실해 보여요.

남자친구 집에서 야한 영화를 보는 데이트는 당분간 하지 마세요. 다양한 방식으로 데이트를 하면서 그 사람의 태도를 종합적으로 관찰해보세요. 다른 상황에서도 이런 식의 비틀린 태도를 보여주는지, 섹스에 대해 대화를 나누게 되었을 때 어떤 생각을 드러내는지…… 좀 찬찬히 그를 살펴볼 시간을 가지면 좋을 것 같네요.

당신은 불쾌감을 느낀 일이 그저 하나의 단일한 사건에 불과한 일이라고 생각하겠지만, 그렇지 않을 수도 있어요. 그 상황으로부터 멀리 떨어져나와, 당신이 의혹을 갖고 있는 부분을 재점검해야 하죠. 교감도 없고, 상대방의 자연스럽고 당연한 성욕이나 감정 표출을 '밝히는 것'으로 치부하는 사람이라면 같이 갈 이유가 없죠.

아 참, 세번째 경우의 수를 덧붙여야 하겠네요. 어쩌면 그는 물리적으로 성관계를 가질 만한 상황에 이르지 못해서 회피하고 있을 가능성도 있습니다. 이런 상황이라면 전문의의 진단과 치료가 필요한 부분이니, 성의학 클리닉을 방문하는 것이 가장 필요한 해결책이겠죠? 휴, 셋 중 어느 쪽이든 쉽지가 않겠습니다.

제멋대로인 그녀를 감당할 수 없게 되어버렸어요

여자친구와 저는 같은 대학원에서 공부중이에요. 처음에는 적극적인 여자친구의 성격이 참 좋았는데, 이젠 정말 너무 힘듭니다. 데이트를 할 때면 뭐든 다 자기가 하고 싶은 대로 해야 합니다. 서운한 일이라도 생기면 길거리에서 물건을 던지며 대성통곡하는 일도 있었습니다. 그리고 제가 성격상 쑥스러움이 좀 많아서 스킨십하는 것이 쉽지 않더라고요. 그런데 술이 들어가니 용기가 생겨서 한결 편하게 스킨십도 하게 되었죠. 그걸 간파한 여자친구가 매일 저녁 술을 먹자고 하는데, 전 술을 잘하지도 못하는데 매일같이 마시려니 몸이 만신창이가 되었습니다.

미국의 작가 케시 프레스턴이 이런 말을 했어요. "제대로 된 사람을 만났다는 가장 분명한 증거는, 함께 있을 때 변해가는 나의 모습이 나의 마음에 드는 것이다." 제가 정말 아끼고 즐겨 쓰는 말이죠.

정말로 좋은 사랑을 하고 있다면, 남이 뭐라고 싫은 소리를 하든 내 마음이 평온하고 변해가는 내 모습이 그저 내 마음에 들면 되는 것 아닐까요. 남들이 부러워해도 내 마음이 불편하고 변해가는 모습이 내 마음에 들지 않는다면, 그건 결코 제대로 된 사람을 만났다는 증거가 아닐 테고요. 뭐든 다

자기가 하고 싶은 대로 해야 하는 사람은, 뭐든 다 양보하는 것이 행복한 사람과 만나야죠. 그런데 당신은 그런 사람이 될 수 없잖아요.

두 사람이 행복하게 사귀는 방법은 둘 중 하나밖에 없을 거예요. 그녀가 많이 양보하거나 당신이 다른 사람이 되거나요. 당신이 이미 많이 지치고 힘들다는 건 당신이 다른 사람이 될 수 없다는 증거이고, 결국 그녀가 당신의 힘든 상황을 이해하고 변화하는 수밖에 없을 것 같아요. 자, 지금은 당신이 너무 힘들고 지쳤다는 호소를, 늦었지만 해야 하는 시점이에요. 오직 스스로를 위해 "이건 아닌 것 같아"라고 선언해야 한다고요.

스스로를 방치하지 마세요. 불편한 것을 불편하다고 말하지 못하는 관계는 단호하게 거부하세요.

○

괜찮아? 괜찮은 거야?

어쩌면 난 그렇게 물어봐주는 사람을
기다렸는지도 몰라.

하지만 이제 알겠어.
그 질문은 내가 나 스스로에게
건넸어야 했다는걸.

저는 직장인인데 제 남자친구는 아직 대학생입니다

대학을 졸업하고 대기업에 다니고 있는 이십대 중반의 여자입니다. 5년 전 같은 학교에서 만난 남자친구와 사귀고 있는데, 그는 여전히 대학생입니다. 그는 졸업을 미룬 채로 아르바이트, 대외활동, 사람들과의 모임…… 이런 것들에만 시간을 보내고 있어요.
예전에는 별생각 없었는데, 솔직히 이제 저도 사회생활을 하다보니 남자친구가 한심해 보이고 자꾸만 무시하게 됩니다. 남자친구가 졸업하고 취직할 때까지 기다리면 괜찮을까요?

남자친구가 졸업하고 취직하게 되면 아마 좀 괜찮아지겠죠. 하지만 과연 그때까지 두 사람이 잘 만날까요? 당신은 이미 헤어지고 싶은 것 같아 보이는데요? 이미 한심하게 보인다면서요. 속으로 무시하고 있다면서요. 연애할 때 두 사람 사이에 엄청난 존경심까지 필요하진 않겠지만, 적어도 상대방을 한심하게 생각하게 된 사이에서 연애가 잘될 리는 없죠. 지금 이대로 간다면, 두 사람은 몇 번쯤 싸우고, 몇 번쯤 낙담한 후, 결국 헤어지는 수순을 밟게 될 것 같습니다.

맥락은 다르지만, 드라마 〈송곳〉에서 봤던 명대사가 생각나네요. "서 있는 곳이 달라지면, 풍경도 달라지게 된다." 지금 당신은 그 사람이 한심해 보인다고 이야기하지만, 사실 달라진 건 당신의 상황이고 당신의 시선이거든요. 아마 그 사람은 5년 전에도 비슷한 모습이었을 거예요. 아르바이트, 대외활동, 사람들과의 모임으로 바쁜 그런 모습. 그때는 사람들과 스스럼없이 어울리고, 활발하게 지내는 그 사람의 모습이 싫지 않았을 겁니다. 학점과 자격증에 올인하는 다른 친구들보다 더 멋져 보였을지 모르죠.

그런데 이제 당신의 상황이 바뀐 거예요. 이윤 창출을 목적으로 하는 회사의 일원이 된 이상, 딱히 현실적인 효용도 없는 만남이나 활동에 시간을 쓰는 그 사람을 볼 때 이질감을 느끼는 것이 당연하게 되어버린 거죠. 하지만 이 이질감이라는 느낌은 거기서 멈추지 않습니다. 당신은 당신 삶이 제법 잘 돌아가고 있다는 확신이 필요한 사람이고, 그런 당신 눈에 당신과 정반대로 시간을 쓰는 사람이 있다면 그 사람을 어떻게 봐야 할까요. 그냥 '다르다'고 보았다면 좋았겠지만, 애석하게도 당신은 그를 '틀렸다'고 보게 된 것 같습니다. 그러니 '나는 이렇게 열심히 일하는데, 대체 저 사람은 왜 저렇게 한가하지?'라는 생각이 들 수밖에 없고, 결국 그의 현재를 폄하하는 생각으로 이어지게 되는 거죠. 자신이 잘 살고 있다는 확신을 갖기 위해 우리들 중 일부는 때때로 한심한 비교 대상을 필요로 하는데, 당신에게는 하필이면 남자친구가 그런 존재가 되어버리고 말았네요. 게다가 당신 주변의 사람들도 이젠 거의 다 당신처럼 치열하게 일하고 현실적인 고민으로 가득한 직장인들이 되었으니, 그에게 느낀 이질감은 날로 커질 수밖에요.

네, 그래요. 그가 못나게 변한 것이 아니라, 당신의 시선이 달라졌을 뿐입니다. 그가 당신의 눈높이에 맞춰주지 않는 이상, 두 사람은 예전처럼 지낼 수 없을 거예요.

하지만 헤어지든 안 헤어지든, 그 문제만큼은 생각해보면 어떨까요. 5년 동안 뜨겁게 사랑한 사람이지만 내 시선이 조금 바뀐 것만으로 그 사람이 한심해 보인다면, 그간 나는 대체 무엇을 사랑했었던 것인지 하는 것을요. 처지가 달라졌다고 변하는 정도의 사랑이었다면, 그럼 앞으로는 어떤 사람을 만나 어떤 정도의 사랑을 할 것인지에 대해서도요. 앞으로 삶의 무대가 바뀔 때마다 짝을 바꿀 수 있는 것은 아닐 테니까요. 무대가 좀 바뀌더라도 계속 같이 갈 만한 사람을 고르는 건 당신의 몫이 되겠네요.

대체 속궁합이 뭐길래 이렇게 힘들죠?

남자친구를 좋아합니다. 하지만 이 남자와의 잠자리가 너무 부담스럽고 시도도 하기 싫을 정도예요. 처음엔 이 정도는 아니었던 것 같은데 어느 순간부턴 전혀 좋지가 않더라고요.

정말 많은 커플들이 이 문제 때문에 괴로워하고, 또 그로 인해 이별까지 진행되는 경우를 자주 봐요. 남들에게 조언을 구하기 어려운 것은 물론이고, 두 사람 사이에서조차 말을 꺼내기 어려운 주제이다보니 한번 불거지면 해결하기가 더 쉽지 않은 부분도 있죠. 그렇게 마음속으로 걱정하는 사이, 두 사람 관계는 서서히 멀어지는 쪽으로 기울게 되는 것 같아요.

지금 당장 잠자리가 부담스럽고 시도조차 하고 싶지 않다면 억지로는 절대 하지 마세요. 당신의 몸은 당신의 것인데, 당신이 좋아하는 사람을 위해서 억지로 좋지도 않은 것을 할 수는 없죠. 단, 지금 당신이 느끼는 그 부담스러움과 하기 싫은 감정을 어떤 식으로 전달할 것인가 하는 숙제는 남아요. 어떤 부분에서인가 어긋나기 시작했을 때 바로 그 부분에 대해 당신이 불편하게 느끼는 바를 곧장 이야기하지 않고, 지금까지 시간을 끌어온 것이 당신이기 때문이겠죠. 어쩔 수 없어요. 이런 식으로 흘러가는 것이 당신의 행복과는 거리가 멀어지는 일이기 때문에 당신이 그 물길을 돌려야 하는 거죠. 조금 힘들겠지만 말이에요.

'처음엔 이 정도는 아니었던 것 같은데 이젠 전혀 좋지가 않다'고 느끼셨다고 했죠? 저는 거기엔 분명히 아주 구체적인 이유가 있었으리라 생각해요. 그 이유는 남자친구에게 있을 수도, 당신에게 있을 수도, 혹은 둘 다에게 있었을 수 있죠. 어디서부터 문제가 생겨났는지 알기 위해서는 그와 당신이 관계를 맺는 순간 하나하나를 전부 떠올려야 해요. 키스할 때 느낌은 어떤지, 충분히 서로를 만져주는지, 당신이 관계를 갖는 내내 편안하다고 느끼는지, 당신이 원하는 표현을 모두 하고 있는지, 그가 당신의 성감대와 오르가슴에 대해 신경을 쓰는지, 섹스가 끝나고 나서 두 사람은 어떤 식으로 다시 교감하는지…… 찬찬히 매 순간을 다시 생각해봐야 해요. 아마 그 중에 적어도 한 순간 혹은 여러 번의 순간에 당신은 불편함이나 불쾌함 혹은 답답함 같은 것들을 느꼈을 겁니다. 나는 좋아하지도 원하지도 않는 무언가를 왜 하고 있어야 하나 하는 생각 말이죠. 내가 좋아하는 사람이 좋아하니까 처음엔 그저 순순히 허락했던 일들이 나에겐 하나도 좋은 느낌이 아니니 점점 불만이 쌓여가고, 이젠 스스로 '하고 싶지 않아!'라고 느끼게 된 것일 가능성이 커요.

싫었던 부분이 무엇이었는지 알게 되었다면, 이젠 당신이 싫었던 바로 그 부분을 수정할 차례예요. **다음번에 그와 관계를 가질 땐, 그가 원하는 대로 그가 이끄는 대로 모든 것을 맡**

겨두지 말고 당신이 원하는 것을 이야기하는 거죠. 늘 똑같은 방식으로 애무하는 게 문제였다면 "이번엔 이것부터 해줘"라고 당신이 그 흐름을 바꿔보고, 늘 비슷한 시간만큼 애무하는 게 문제였다면 "아직 충분하지 않아. 조금 더"라고 당신이 원하는 걸 이야기해야 해요. 물론 처음엔 쉽지 않을 거예요. 말하기가 부끄럽고 어색하다면 그의 손을 조용히 잡아끈다든지 하는 식으로 당신이 원하는 바를 표현할 수도 있겠지만, 결국은 당신이 원하는 것을 말하고 싶어질 거라고 생각해요. 김밥을 먹고 싶으면 김밥을 먹자고 말하면 되는 것을, 입은 다문 채 손짓발짓을 할 이유는 없으니까요.

정말 두 사람이 물리적으로 너무나 안 맞을 가능성보다는, 당신이 당신의 몸을 잘 알지 못해서 그리고 그도 당신의 몸을 잘 알지 못해서일 가능성이 훨씬 많아요. 당신이 스스로의 몸을 잘 알 수 없다면, 엄청나게 노련한 섹스 테크닉의 소유자를 만나지 않는 이상 지금의 불만은 또 생겨날 수 있는 일이라는 걸 기억하세요.

착하기만 한 남자친구, 무슨 생각을 하는 걸까요?

천사 같은 남자친구와 사귀고 있습니다. 남들은 모두 부러워하며 요즘 그런 남자가 어디 있느냐고 할 정도예요. 하지만 저는 직설적이고 맘에 있는 말은 다 해야 하는 편인데, 남자친구는 싫은 소리도 전혀 안 하고 어지간하면 저에게 져줍니다. 서운한 것 없는지 물어봐도 전혀 말을 안 합니다. 우리, 이대로 괜찮을까요?

남들은 모두 부러워하지만 정작 나는 그 상황이 못 미더울 때, 참 답답하죠. 아마 주변에서는 당신이 쓸데없는 걱정을 한다고 하겠지만 정작 힘든 건 당신이니까요.

그런데 저 한 가지 맘에 걸리는 게 있어요. 당신은 그 남자를 '너무 착한 천사 같은 남자'라고 표현하고 있지만, 그게 사실은 아닐지도 몰라서예요. 그는 당신과의 시간을 아주 편안하게 생각하고 있을 수도 있고, 사실은 분노와 불만을 감추고 있을 수도 있으니까요. 만약 전자라면 당신이 좀 답답할 수는 있어도 큰 문제는 일어나지 않겠지만, 후자는 분명히 언젠가는 문제가 커지게 되죠. 서로 오랫동안 각자 다른 삶을 살아온 사람들끼리 만나 가까운 관계를 유지하다보면 당연히 서로 부딪히는 일들이 있게 마련인데, 그렇게 부딪히는 과정에서 어떤 커플은 서로 안 맞는다며 헤어지기도 하지만 또 어떤 커플은 서로에 대한 이해의 폭을 넓혀가니까요. 서로가 다르다는 걸 발견하는 건 때로 고통스러운 일이지만, 그 과정 속에서 더 가까워질 기회도 맞이하게 되죠. 그런데 마음속으로는 불만이 있으면서도 '그냥 좋은 게 좋은 거다'라며 그 사람이 애써 넘어가주고 있는 상황이라면 사실 예후가 별로 좋지 않다고 봐야 하죠. 언제까지 당신을 위해 일방적으로 그가 참아줄지도 알 수 없는 일이고, 둘이서 더 좋은 합의점을 찾을 수 있는 일에조차 그럴 수 없는 상황이 계속되고 있는 셈이니까요.

사실 저도 당신과 비슷해요. 마음에 있는 말을 잘 참지 못하는 편이고, 남자친구와 싸울 때는 엄청 또박또박 시시비비를 가리려고 하는 성격이에요. 딱히 싸우는 것을 즐겨서가 아니라, 같은 상황인데도 서로 다르게 받아들였던 부분이나 서로 가치관이 달랐던 부분을 확인하는 것을 통해 더 좋은 사이가 될 수 있다고 생각해서예요. 어차피 아무리 좋아하는 사이라도 이런저런 차이를 경험하게 되는데, 그 과정이 조금 아프더라도 우리 관계에만큼은 좋은 영향을 줄 거라고 생각해서예요. 그건 아주 치명적인 것이 아닌 이상 그 사람을 있는 그대로 받아들이고 감당하겠다는 다짐과 함께 가는 것이기도 하죠.

아마도 당신은 그가 말이 없는 것이 답답할 뿐만이 아니라, 그가 당신을 위해 감정을 억제하고 숨기는 것이 아닐까 걱정이 될 거예요. 이런 식으로는 둘 다에게 좋지 않다는 것을, 얼마든지 예측할 수 있는 거죠. 그는 어쩌면 어려서부터 감정 표현을 자유롭게 할 수 없었던 환경에서 자랐을 수도 있고, 약간의 갈등도 있어서는 안 된다고 생각하는 사람일 수도 있죠. 혹은 당신과의 관계가 너무도 소중하기에 조금이라도 그것을 훼손시키고 싶지 않다고 생각하고 있을지 몰라요. 음, 어쩌면 과거 연애 경험에서나 혹은 당신과의 연애 초반에 불만 같은 것들을 이야기했다가 오히려 공격당한 경험을 겪었을지도 모르겠네요.

그에게 당신이 느끼는 답답함을 이야기해야 해요. 그와의 관계를 소중하게 생각하기 때문에 서로의 생각 차이를 알아가는 순간이 너무 중요하다는 것을 꼭 알려주세요. 당신에게 불만이나 생각 차이를 말해도 거절당하지 않을 거라는 믿음을 심어줄 수 있다면, 그는 아마 조금씩 자연스럽게 자기 생각을 말하는 사람이 될 거라고 확신해요.

결혼을 약속했으면 이미 며느리 아닌가요?

내년 중순에 결혼하기로 한 여자친구와는 양가의 허락까지 다 받은 상태입니다. 그런데 여자친구가 이번 명절에 저희 집에 안 내려가겠다고 하는 겁니다. 여자친구 생각이 좀 짧은 것 아닌가요? 제가 외아들이라 부모님이 저나 제 여자친구에게 거는 기대가 큰데, 명절에 혼자 내려가면 저희 부모님이 어떻게 생각하실지 안 봐도 뻔합니다.

양가의 허락을 다 받았으니 아직 식은 안 올렸어도 결혼한 것이나 거의 마찬가지라는 생각은 할 수 있죠. 불가능한 생각은 아니에요. 그런데 아직 법적 부부가 아닌데 명절에 남자친구 집에 가는 것이 좋으냐 아니냐에 대해서는 생각이 충분히 서로 다를 수 있어요. 당신은 생각이 깊고 여자친구는 생각이 짧은 것이 아니라 그저 다를 뿐이라고요. 상대방 입장에 대한 고려도 두 사람의 합의에 대한 생각도 없는 상태에서 일방적으로 '며느리로서의 규율'을 강조하며 일방적으로 효도를 강요한다면 두 사람은 행복할 수 없을 겁니다.

데이트 비용을 전혀 내지 않는 그녀, 이젠 저도 버겁습니다

한 살 어린 여자친구와 만난 지 8개월 정도 됐는데 여자친구가 데이트 비용을 정말 단 한 번도 내지 않고 있습니다. 저는 취업을 했지만 아직 신입사원이고 지방에서 올라와 자취중이기에 경제적 여유가 넉넉하지 않은 반면, 여자친구는 집도 서울이고 회사에 다닌 지 3년 정도 됐습니다. 집안 형편이 어려운 것도 아니고요.
한번은 너무 돈을 내지 않는 여자친구에게 커피는 네가 사라고 했더니 "오빠 지금 나 커피 사주는 게 아까워서 그래?"라며 화를 내더군요. 게다가 자꾸만 전남자친구와 씀씀이를 비교하는 이야기를 할 때면 비참한 느낌도 많이 듭니다.

내가 번 돈을 내가 좋아하는 사람과 행복한 기억을 만드는 데 쓰는 건 그냥 그 자체로 놓고 보면 너무 좋은 일이죠. 행복하려고 버는 돈인데, 정말 눈앞에 보이는 행복에 그 돈을 쓰고 있는 거잖아요! 하지만 그 액수가 현실적으로 부담스러운 수준이라거나 상대방은 전혀 아무 생각이 없다는 느낌이 들 때 마음은 복잡해지죠. '돈을 쓰고 있지만 행복하진 않구나'라는 생각이 들기 때문일 거예요.

정확히 5 대 5를 내는 게 좋다거나, 더 많이 버는 사람이 더 많이 내면 된다거나, 7 대 3 정도가 적당하다거나 하는, 합리적인 데이트 비용 분할 기준에 대해서 많은 사람들이 다양한 이야기를 하는데요. 저는 데이트 비용 논쟁에 대해서 그냥 딱 이것 두 가지만 확실히 하면 좋겠다고 생각해요. **첫째, 형편이 더 여유 있는 쪽이 기꺼이 더 낸다. 둘째, 좀 덜 내는 쪽은 확실하게 고마움을 표현한다.** 정확히 반으로 나눠 내거나 데이트 통장을 만드는 방법처럼 기계적인 균형을 맞추려고 하다 보면 또 그 나름의 문제가 생기더라고요. 조금이라도 더 있는 쪽이 즐겁게 더 내고, 대신 덜 낸 쪽은 "고마워, 커피는 내가 살게" 정도의 태도를 유지한다면 크게 문제가 없을 텐데 말이죠.

한 번도 돈을 내지 않고 전남자친구의 씀씀이와 비교하듯 이야기하는 여자친구라니, 조금 한숨이 나오는 건 사실이에요. 그래도 저는 헤어질 각오를 하더라도 당신이 이 문제에 대해 당신의 생각을 털어놓는 시간을 꼭 가졌으면 해요. 저에게 편지 보낸 것과 비슷하게 말이에요.

"솔직히 혼자서 모든 비용을 내자니 좀 힘들어. 그리고 전남자친구와 비교하는 이야기를 할 때면 비참한 기분도 느꼈어. 우리가 이 문제 때문에 서로 마음 상하는 일이 없었으면 좋겠는데, 너는 어떤 점이 힘들어? 그리고 이 문제에 대해서 어떻게 생각해?"라고요. 혼자서 짐을 지는 것 같은 마음으로는 어떤 관계도 잘 지속되기 힘든 거잖아요. 그녀의 생각을 제대로 들어보고 난 후에 당신도 비로소 생각을 정리할 수 있을 것 같네요.

남자와 여자 사이에 우정이 가능한가요?

직장인 남자입니다. 제 여자친구는 대학생이에요. 그런데 짜증나게도 그녀의 친구들 중 3분의 2는 남자입니다. 여자친구가 성격도 활발하고 사람들도 잘 챙기는 스타일이라 주변에 친구가 많은 건 알겠지만 그게 왜 하필 남자들인지 모르겠습니다. 여자친구는 아니라고 하지만 그녀 주변의 남자들은 제 여자친구를 이성으로 생각할 것 같아 자꾸 신경이 쓰입니다.

남자와 여자 사이에 우정이 가능하냐, 가능하지 않느냐. 이 문제만큼 지루하게 지속되는 질문도 흔치 않은 것 같아요. 이성친구와 별 감정 없이 지내고 있는 사람들은 우정이 가능하다고 이야기하고(제가 그래요), 그런 경험이 없는 사람들은 절대 가능하지 않다고 이야기하는 차이가 있을 뿐이죠. 내가 그런 경험해보지 못했다고 해서 그런 건 세상에 존재하지 않아! 라고 말하는 건 좀 적절치 않다는 생각은 드네요.

　여자친구 주변에 남자들이 많은 건 당연히 신경쓰일 만한 일이죠. 그 마음은 너무도 이해해요. 하지만 저는 당신이 두 가지를 믿지 못하고 있다는 생각이 들어요. 첫번째는 그녀의 선택을 믿지 않는다는 거예요. 당신의 여자친구는 그토록 많은 남자들을 알고 있지만 당신을 선택했잖아요. 아는 남자가 딱 한 명이라서 당신을 선택한 것이 아니라, 많은 사람들과 교류를 하고 있지만 결국 당신을 선택했다면 그 선택을 귀하게 여기고 또 믿어줘야 하지 않을까요?

그리고 두번째는 그녀를 믿지 못한다는 거예요. 친구라고 말하지만 언제든지 그들과 사달이 날 수 있다고 의심하고 있잖아요. 진정한 우정을 운운하고는 있지만 사실 그냥 갑자기 바람날까봐 두려운 거죠. '내 여자를 다른 남자가 낚아챌까봐' 하는 두려움 말이에요. 하지만 기억해야 하지 않을까요? 그녀는 다른 남자에게 낚아챔을 당하는 존재가 아니라, 스스로 선택할 수 있는 존재예요. 설혹 당신과 사귀다가 당신과 헤어지고 다른 남자를 만나게 된다 해도, 그건 그저 그녀의 선택일 뿐이죠. 당신은 '그 남자들을 믿지 못하겠다'고 말하면서, 동시에 '그녀를 믿지 못하겠다'고 말하고 있어요. **가장 가까운 자리를 허락해놓고 그 사람을 믿지 않으니, 당신에게 남는 것이 불안일 수밖에요.**

그녀와 그녀의 선택을 믿고 마음이 편안해지는 쪽을 택할 건가요? 아니면 이렇게 내내 불안해하며 그녀의 인간관계에 대해 끊임없이 의심과 상상을 하는 쪽을 택할 건가요? 후자라면 아마도 당신은 결국 "그 남자들하고 친하게 지내지 마!"라고 말하게 될 텐데……. 그런 발언에 대해 그녀가 순순히 그러겠다고 할지, 혹은 당신에게 엄청나게 실망을 하게 될지는 그때 가봐야 알 수 있을 것 같아요.

다만 당신이 그녀를 존중하고 신뢰했으면 좋겠어요. 나를 믿어주는 사람에게는 자연스럽게 더 잘하게 되는 법인데, 반대로 나를 믿어주지 않는 사람에게는 오히려 최선을 다할 수 없게 되더라고요. 당신이 의심하고 채근하고 전전긍긍한다고 해서 두 사람의 관계가 더 강력해지는 것이 아니라, 온전히 사랑하고 온전히 믿어주는 일을 통해서만 그 관계가 더욱 끈끈해질 수 있음을 기억하셨으면 좋겠어요. 저도 숱하게 의심하고 끝없이 걱정해보았지만 그 의심과 걱정으로는 아무것도 좋게 바꿀 수 없어요. 이미 오래전 경험했던 사람으로서 드리는 아픈 충고입니다.

왜 자꾸 사랑을 시험하려고 드는 거죠?

틈만 나면 "나를 사랑한다면 이렇게 해봐" "그걸 못하는 걸 보니 나를 사랑하지 않는구나"라며 사랑을 시험하려고 드는 애인, 대체 왜 그러는 걸까요?

사랑받고 있다는 느낌을 원하는 만큼 받지 못해서요. 이 관계를 계속 지속해도 되는지 확인하고 싶어서요. 시험받는 기분이 들게 하는 건 좋지 못한 일이지만, 그런 말을 해야 하는 그 사람도 내내 속마음은 괴로울 거예요.

"왜 자꾸 사랑을 시험하려고 들어?"라고 묻기보다는 그 사람 눈을 똑바로 보고 "정말 사랑한다"고 자주 말해주세요. 그럼에도 불구하고 자꾸만 애정테스트를 반복한다면, 그때도 그 사람 눈을 똑바로 보고 "네가 나를 사랑한다면 이런 것을 그만해줬으면 좋겠어"라고 말해야겠죠.

일곱 살 많은 게 죄인가요?

서른일곱 살 직장인입니다. 저는 지금 일곱 살 연하 남자친구와 사귀고 있어요. 문제는 사람들이 자꾸 저에게 이모냐고 물어본다는 겁니다. 나름대로 열심히 관리를 하고는 있지만 역시 나이 차이가 나 보이는 건 어쩔 수 없나봅니다. 하지만 더 화가 나는 건 남자친구입니다. 그후로 자꾸 놀리듯이 저를 '이모'라고 부른다는 거죠. 평소에 톡을 할 때도 "이모 뭐해?" "이모 잘 잤어?" 이런 식이네요.

지난번엔 남자친구의 친구들 커플 모임에 초대받아 갔는데, 그 어린 여자들 앞에서 "우리 이모야, 혼자 올 수 없어서 이모와 같이 왔어"라며 어깨동무를 하더라고요. 나중에 집에 갈 때 뭐하는 짓이냐고 화를 냈더니, "장난인데 왜 그래? 그건 너의 자격지심이야"라고 하더군요.

솔직히 마음이 깊어질수록 그가 더 어린 여자를 만나 떠날까 두렵기도 하고, 당장은 결혼 생각이 없다는 말에 혹시 내 나이 때문인가 하고 자꾸 의심하게 됩니다. 나이를 먹는다는 게 이렇게 서글픈 일인 줄 몰랐네요. 정말 제 자격지심이 문제일까요?

음, 일단 남자친구가 당신의 마음을 전혀 이해하지 못하는 것 같은데요? 삼십대 후반의 여자가 자신의 나이에 대해 느끼는 모종의 위축감에 대해서 전혀 상상하지도 못하고 있는 것 같아요. 자격지심이요? 물론 그런 위축감이나 '내가 더이상 매력적이지 않을지도 몰라'라는 두려움을 자격지심이라고 말할 수 있을지도 모르죠. 문제는, 당신은 위축되는 감정을 애써 부정하려는 듯 보이고, 그는 당신의 진짜 속마음엔 관심도 없으면서 너무도 쉽게 '이모'라는 자극적인 단어를 쓰고 또 너무도 쉽게 '자격지심'이란 말로 당신을 공격하고 있다는 겁니다. 서로를 감싸안아주어야 할 사람이 오히려 남보다 못한 관계가 되어버린 느낌이에요.

제 얘기를 잠깐 할게요. 저도 저보다 나이가 제법 어린 남자와 연애하고 있어요. 2년 넘게 사귀어오면서, 나이 차이를 느낄 때가 왜 없었겠어요. 아무리 동안크림을 바르고 동안룩을 입어도 내가 그의 또래 여자만큼 생생해 보일 수도, 앳되어 보일 수도 없는 일인데요. 그는 내 나이를 의식하지 않는다 해도, 내가 내 나이를 의식하는 이상, 나이 차이란 언제든지 스스로를 위축되게 하는 요인이 될 수 있다고 생각했어요. 단지 당신의 경우와 달랐던 건, 제 애인은 저를 이모라고 부르는 일 없이 늘 동등하게 대해주었고, 가끔씩 내가 더 나이들어 보이겠지 하는 서글픈 감정이 들 때면 지금까지 어렵게 쌓아온 나라는 사람으로서의 자존감이 저를 지켜주었어요.

그러니 저는 두 가지 충고를 드리고 싶네요. 첫번째, "나를 그렇게 부르지 않았으면 좋겠다"고 당신의 불쾌함을 정식으로 알려야 해요. 그저 뭐하는 짓이냐며 화를 내는 것이 아니라, 이것이 왜 불편한지에 대해서 설명해야 할 거예요. 그 과정에서 당신의 불안함과 초라하게 느껴지는 순간 같은 것들을 고백해야 할 수도 있겠죠. 하지만 맘속에 있는 그런 말조차 고백하지 못한다면 우리가 뭣 하러 연애를 하나요. 당신의 속마음을 고백했을 때조차 '역시 자격지심이네' 하는 남자라면 이제 그만 떠나보내줘야죠.

그리고 둘째로는요, 나이가 들면 예전만큼 팽팽하지도 않고 화사하기는 힘들지 모르지만 절대 그것이 전부는 아니에요. 누구나 예외 없이 늙고 하루하루 죽음을 향해가지만, 그 때문에 절망만 할 건지 아니면 그 안에서 새로운 행복의 요소를 만들어갈 건지는 온전히 자신의 몫이기도 하고요.

지금 그가 몇 살이든, 결국 그도 늙어요. 누구에게나 공평할 세월의 흔적 때문에 스스로를 비하하는 일은 하지 않으셨으면 좋겠어요. 내일은 오늘보다 늙을 것이고, 내년에는 올해보다 또 늙을 테지만, 오로지 내가 내 자신을 부정하지 않을 때 우리는 인생의 어느 부분을 지나가고 있든 불행하지 않을 수 있을 것입니다.

당신보다 두 살이나 더 늙은 곽정은 드림.

이런 게 연애인가요?

남자친구는 서울에서 학교에 다니고 있고, 저는 대구에서 직장생활중입니다. 원래 캠퍼스 커플이었는데 사귄 지 1년 반이 되었을 때부터 장거리 연애를 하게 됐어요.

학교를 같이 다닐 땐 매일 보다시피 했는데 요즘은 잘하면 1주에 한 번, 일정이 맞지 않으면 한 달에 한 번 만날 때도 있습니다. 저희는 주로 카톡이나 전화를 하는데, 문제는 내용이 늘 같다는 겁니다. 일어났냐, 출근중이다, 행복한 하루 보내라, 맛있게 밥 먹어라, 잘 자라…… 이런 식인 거죠. 이 모든 게 8개월째 똑같습니다.

그에 대한 감정이 변한 건 아니지만 이렇게 늘 같은 말만 주고받다 보니 제가 지금 연애를 하는 건지 뭐하는 건지 잘 모르겠어요. 이제는 전화통화를 할 때 할말이 없어서 어색한 침묵이 흐르기도 합니다. 전 아직 남자친구를 사랑하는데, 어떻게 해야 할지 정말 모르겠어요.

단언컨대 장거리 연애는 그렇지 않은 경우보다 유지하는 데에 더 많은 노력이 들어요. 서로 이어져 있다는 느낌과 함께 서로에 대한 신뢰를 구축해야 하는데, 얼굴을 자주 보지 못한 채로 그런 관계와 느낌들을 만들어가야 하니까요. 서로에 대한 기본적인 신뢰가 있는 상태에서, 함께 있지 않더라도 서로에 대한 신뢰를 지키려고 하는 의지가 더해져야만 하죠. 그런데 여기에 또 한 가지 중요한 것이 당신의 연애에서 빠져 있어요. 자주 볼 수 없기 때문에 서로에게 더 많이 애정을 표시해야 하는데, 그러지 못하고 있다는 거죠.

사귄 지 1년 반에서 3년. 가장 많은 연인들이 서로에 대한 권태를 느끼고, '더이상 예전만큼 뜨겁지 않다'고 느끼는 시기입니다. 어제보다 뜨겁지 않고, 지난번보다 좋지 않으니, 권태감이 들고 다른 사람에게 눈 돌리기도 쉬워지죠. 사귄 지 1년 반이 되었을 때부터 장거리 연애를 하셨다고 했잖아요. 두 사람은 비단 장거리 연애 때문이 아니라, 어쩌면 이미 서서히 열정의 온도가 떨어져가는 상태였을 수도 있겠어요. 하필이면 시기가 겹쳐져서 그 온도의 하강에 가속도가 붙었을 수도 있고요. 늘 같은 말만 하는 것이 문제가 아니라, 실은 상대방과 그만큼만 이야기하고 싶은 마음의 온도가 먼저 문제가 되었을 겁니다. 일상에 새로운 일이 일어난다 해도, 서로 그것을 살갑게 공유하며 같이 있다는 느낌을 만들어갈 의지가 없어져버린 것 같아요.

서로에게 뜨거운 마음도 없고, 일상을 공유하고 싶은 살

가움의 에너지조차 증발해버린 채로는 앞으로 몇 주 혹은 몇 달도 함께 가기는 힘들 거예요. 다만 이 관계를 잃고 싶지 않다면 당신이 먼저 행동하세요. '왜 맨날 그는 이런 식이지?'라고 비난하거나 괴로워하기 전에, 당신이 먼저 움직여야 해요. 이번 주말에 시간을 내서 그와 만나서 좀 특별한 데이트를 해보세요. 늘 하던 대로의 데이트가 아니라, 좀 다른 방식으로요. 1박 2일이라도 여행을 갈 수 있다면 더 좋겠네요. 식어버린 둘 사이에 다시 온기를 지피고 싶은 마음을 표현한다면 그도 당신에게 어떤 식으로든 반응을 보여주겠죠. 당신이 정말 중요하게 생각하는 것이 그 사람인지, 아니면 그저 뜨거운 연애 감정인지에 대해서는 좀더 깊은 고민이 필요하겠지만요. 어느 쪽을 선택하든 삶이 미지근하고 재미없다고 느끼지 않았으면 좋겠네요.

성관계를 해도 되는 적절한 시기가 궁금합니다

사귄 지 얼마 만에 관계를 해야 할까요? 정답이 없다는 건 알지만 그래도 적당한 시기가 있다면 언제일지 궁금합니다.

네, 이건 정말 정답이 없는 문제죠. 그런데 왜 정답이 없는 줄 아세요? 처음 만난 날 할 수도 있고, 사귄 지 10년 만에 할 수도 있으니, 그 간극이 너무 커서일까요? 아뇨, 제 생각은 달라요. 만난 시간이 얼마 되지 않았을 때 성관계를 했다고 해서 좋지 않다거나, 만난 지 한참 뒤에 했더니 더 관계가 좋아졌다거나 하는 식의, 정형화된 패턴이라는 것이 나타나지 않기 때문이에요. 많은 사람들이 성관계를 너무 일찍 하는 것은 좋지 않다고 말하죠. 특히 많은 여자들이 이 부분에 대해 두려움을 갖고 있기도 하고요. 서로를 다 알기 전에 관계를 갖는 일이, 서로를 좀더 내밀하게 알아가는 데에 방해요소가 된다고 믿는 사람도 많은 것 같아요. 그래서 가능한 한 서로에 대해 많이 알고 나서 관계를 갖는 게 좋다고 말하는 게 좀더 안전한 대책 같아 보이죠.

하지만 어쩌죠. 제가 아는 많은 커플은 사귄 지 며칠 되지 않아서 성관계를 가졌는데 그후로 수년간 잘 지내고 있고, 또 제가 아는 어떤 커플은 사귄 지 한참 뒤에 성관계를 했는데 그 이후에 오히려 헤어지기도 한걸요. 저는 단순히 물리적인 시간의 개념으로 성관계의 시기를 논하는 것이야말로 우스꽝스럽다고 생각해요. 어떤 커플은 하루 만에 서로를 알아보기도 하고, 또 어떤 커플은 수년을 사귀고도 '우리는 정말 맞지 않는구나'라며 고개를 절레절레 흔드니까요.

정말 적절한 성관계의 시기라는 게 존재한다면, 거기엔 날짜 개념과는 상관없이 오직 두 사람의 뜨거움과 신뢰라는 두 가지 축만이 존재해야 할 거예요. 서로에 대해 절실하고, 앞으로도 이 관계를 소중하게 가져가고자 하는 사람들이라면 만난 첫날이라도 '가장 적절한 타이밍의 섹스'를 할 수 있는 거죠. 서로에 대해 절실하지도 않고, 앞으로 이 관계에 대해 별로 희망이 없다고 생각하는 사람들이라면 얼마를 기다렸다 하든 그 섹스는 그저 슬픈 종착지가 될 테고요. 좀 더 극단적으로 말한다면, 원나잇 스탠드로 만난 경우라고 해서 사귄 지 5년 만에 첫 섹스를 하는 경우에 비해 폄하될 이유가 없다는 거예요. 많은 경우 원나잇 스탠드가 일회성의 해프닝으로 끝나긴 하나, 분명 어떤 사람들은 몸의 대화를 먼저 하고 난 후에 그 관계를 여전히 뜨겁게 만들어가니까요.

특히 성관계를 하는 시기에 대해서 '어쨌든 늦추는 것이 유리하다'고 생각하도록 교육받아 온 여성들에게 말하고 싶어요. 섹스는 '내가 주는 것'이 아니라 함께 나누는 대화이고 쾌감이고 권리라는 것을요. 하고 싶으면 하는 것이고, 하기 싫다면 하지 않는 것, 둘 중에 하나를 고르면 되죠. 얼마나 명쾌한

가요? 어떤 선택의 온전한 주체가 되고, 그 선택에 대해 책임을 지는 것, 얼마나 뿌듯한 일인가요?

남들이 말하는 '적절한 타이밍'에 대해서 신경쓰지 않았으면 좋겠어요. 좋아하는 사람과 좋은 시간을 보내는 일에 대해, 타인의 시선을 개입시킬 필요가 없다는 것도 기억했으면 좋겠어요. 내 몸의 행복을, 우리가 맺는 관계의 행복을, 남에게 확인받으며 살 이유가 없으니까요. 처음으로 몸과 몸이 만나는 시기가 언제가 되든, 스스로에게 떳떳할 수 있다면 그것 하나만으로 충분하지 않을까요.

참 놀라운 일이지.

지금 이대로 괜찮은 걸까?
언젠가 후회하게 되는 것은 아닐까?

지겹도록 스스로에게 해왔던 그 질문을
너와 헤어지고 난 후에는
하지 않게 되었으니.

갑자기 돌부처가 된 이 남자, 어떻게 해야 할까요?

과 선후배로 만나 200일 정도 사귀었습니다. 초반에는 남자친구가 정말 시도 때도 없이 저를 건드리고 들이대는 편이었어요. 그런데 지금, 관계가 없었던 것이 벌써 석 달이 다 되어갑니다. 처음에 한 달 정도 안 했을 땐 남자친구가 저를 지켜준다는 생각이 들어서 고맙기도 했었는데, 두 달이 넘어가니까 괜히 불안해서 일부러 남자친구 자취방에도 가고 하지만 그는 정말 손만 잡고 잡니다. 남자들은 욕구 해소가 안 되면 힘들다던데, 혹시 제가 아닌 다른 사람에게 그 욕구를 해소하는 건 아닌가 생각하면 걱정도 됩니다.

사실 마지막으로 했을 때, 제가 전날 안 좋은 꿈을 꿔서 관계 도중에 울어버리긴 했습니다. 아기가 생겼는데 남자친구가 저를 버리는 꿈을 꿨었거든요. 그 때문일까요?

저 솔직히 말할게요. 당신의 사연을 읽고 왠지 모르게 화가 났어요. 제가 갑자기 화가 났다고 하면 당신도 당황스럽겠지만, 그래도 꼭 전하고 싶은 말이 있으니 설명은 덧붙여야겠네요.

화가 난 첫번째 이유. 당신은 사랑하는 사람들 사이의 스킨십에 대해 왜곡된 생각을 갖고 있는 것 같아요. 건드리고 들이댄다나……. 이 표현 속에는 두 사람의 친밀감도 없고, 당신의 욕구도 없고, 당신의 자존감도 보이지 않아요. 그는 그저 성욕에 충만해 당신에게 욕구를 푸는 사람이고, 당신은 아무 의사랄 것도 없이 그를 받아들이는 사람으로만 묘사되고 있잖아요.

화가 난 두번째 이유. 스킨십이나 성관계를 안 하는 것을 '나를 지켜주는 일'로 표현하고 있기 때문이에요. 서로를 좋아하는 사람들이 합의하에 성관계를 갖는 행위는 당신의 머릿속에 존재하지 않는 것 같아요. 남자는 욕구가 있으니까 욕구를 풀거나 그 욕구를 참아 당신을 지켜주는 존재일 뿐이고, 당신은 그저 성욕을 해소하는 대상이 되거나 혹은 그에 의해서 다행히 지켜지는 존재가 될 뿐이죠. 어떻게 성욕이 남자만의 것이고, 또 어떻게 내 몸의 의미를 그렇게 평가절하해 생각할 수 있어요. 그러니 섹스를 하면 하는 대로 '나를 지켜주지 않는구나'라는 생각 때문에 괴롭고, 섹스를 안 하면 안 하는 대로 '나 말고 다른 사람과 하는 것 아니야?'라는 생각 때문에 괴롭죠.

그리고 참, 나에게 욕구 해소를 하다 못해서 결국 다른 여자를 만나려는 남자인데도 계속 사귀실 건가요? 그런 남자라면 그냥 헤어져야 하는 것이 맞잖아요. 제가 확실히 이야기해드릴 수 있는 것 하나는, 당신은 지금 전혀 당신 몸의 주인이 아니라는 거예요. 당신의 몸은 당신에게 그 남자의 욕구를 풀어주거나, 혹시라도 임신하면 버림받는 몸으로서만 존재하는 거죠. 이런 상태로는 어떤 순간에도 행복해질 수 없을 거예요. 오히려 불행한 연애와 섹스를 할 뿐이죠. 이미 불행한 섹스를 하고 있기에, 그런 꿈을 꾸게 되고, 또 그런 꿈을 꿨다는 이유로 섹스 도중 울어버리는 거죠.

당신의 몸은 당신의 것이에요. 그를 위해 섹스해주는 것이 아니라, 당신이 좋으면 하세요. 별로 하고 싶지 않으면 하지 말아요. 그리고 정말로 당신이 원하는 것을 말하세요. 그의 욕구를 풀어주기 위해서 당신의 몸을 제물처럼 바치지 말고요.

데이트 통장 때문에 도리어 스트레스네요

저희는 데이트 통장에 매달 12만 원씩 넣기로 했는데 남자친구가 이번엔 11만5천 원만 넣었더라고요. 전날 자기가 점심값을 계산했으니까 그 금액 빼고 넣었다는 거예요. 겨우 5천 원 가지고 그러니까 너무 계산적인 사람인 것 같은 느낌이에요.

불편하고 서운할 수도 있죠. 하지만 둘 사이의 룰대로라면 전혀 문제될 것이 없는 행동이라고 생각해요. 당신 기준에서는 '몇만 원도 아니고 몇천 원 가지고 왜 저래?' 할 수 있는 돈일지 모르지만 누군가의 기준에서는 몇천 원이 흔쾌히 더 내기 어려운 돈일 수도 있는 거잖아요. 그리고 조금 더 내면 어떻다고 저렇게 칼같이 정확하게 계산을 하냐며 그의 행동을 비난하고 있지만, 계산하고 있는 건 당신도 마찬가지 아닌가요? 누가 누구보다 더 계산적이라고 말하기가 애매한 상황인 거죠. 둘의 기준이 조금 달랐을 뿐, 누가 더 쩨쩨하고 누가 더 너그럽고의 문제가 아니라는 것을 꼭 말해주고 싶어요. 두 사람이 만든 데이트 통장의 룰 '정확히 절반씩 낸다'는 단돈 1천 원도 더 내거나 덜 내는 일을 방지하기 위한 것이었으니까요.

내겐 너무 뚱뚱한 그녀, 어쩌면 좋죠?

자전거 동호회에서 처음 만난 여자친구. 처음엔 키 165cm에 몸무게 50kg 정도로 날씬하고 예쁜 그녀였습니다. 하지만 여자친구가 작년에 직종을 변경하면서 문제가 생겼습니다. 일도 바빠지고 운동도 못하게 되면서, 그녀의 몸무게는 80kg 정도로 불어났습니다. 본인도 스트레스를 받는 것 같아 운동법도 알려주고 식단을 짜서 장까지 봐주곤 합니다.

하지만 몇 달째 효과는커녕 살이 더 찌는 것 같습니다. 요즘엔 살 이야기만 꺼내도 저에게 화를 냅니다. 제 입장에선 솔직히 같이 다니기도 조금 창피하고, 설렘도 줄긴 했습니다.

사랑하면 살찐 모습까지도 다 껴안고 사랑해야 하는 건가요? 살 빼라고 하는 저, 나쁜 놈일까요?

처음과 다르게, 좋지 않은 쪽으로 변해버리는 모습마저 똑같은 마음으로 껴안고 사랑할 수는 없죠. 그런 사람도 물론 있겠지만 우리들 중 소수에 불과할 겁니다. 외모가 전부는 아니지만 분명히 상대방을 받아들이는 내 인식과 관련이 있으니까요. 사랑하는 사람에게 더 잘 보이고 싶은 심정도, 내가 사랑하는 사람이 늘 내 맘에 들어 보였으면 하는 마음도, 다 당연한 것들이라 생각해요. 네, 당신이 적어도 나쁜 놈은 아닙니다.

하지만 지금 이 상황은 단지 다이어트 실패라거나 자기관리 실패의 문제가 아닌 것 같아요. 1년 만에 30kg이 찔 정도라면 단지 식성이 좋아졌거나 운동을 덜 해서 그런 문제가 발생한 게 아니라는 거죠. 과도한 스트레스 때문에 폭식하는 습관이 들었을 수도 있고, 몸에 대사 과정에 문제가 생겼을 수도 있어요.

장을 봐주거나 운동을 권유하기보단 함께 병원에 가보는 것이 급하고 또 중요할 듯하네요.

결혼 이야기만 나오면 자꾸 회피합니다

서른세 살 여자입니다. 제 꿈은 사랑하는 사람과 결혼해서 아이 낳고 알콩달콩 사는 겁니다. 하지만 3년여 만난 제 남자친구는 저와 생각이 좀 다른 것 같아요. 일단 양가 부모님께 인사도 드렸고 문제없이 잘 만나고 있는 상황이기에 저는 결혼까지 생각했었는데, 그는 전혀 그럴 생각이 없는 것 같습니다.

결혼을 당장 하자는 것도 아니고, 대략의 시기나 계획이라도 이야기해보고 싶은 건데, 이야기를 꺼내면 남자친구는 말을 돌려버리거나 "결혼은 무슨?"이라며 부정적으로 대꾸합니다.

연애와 결혼의 무게는 도저히 비교할 수 없을 만큼 다르죠. 연애를 아무리 오래한 커플도 결혼생활이 쉽지 않고, 아무리 사랑한 연인도 모두 결혼으로 이어지지 못하는 건 결혼이라는 제도 안에서 두 남녀가 감당해야 할 무게라는 것이 만만치 않기 때문일 겁니다.

그가 당신과의 결혼을 현실적으로 생각하고 있다면 당신이 결혼에 대해 이야기를 꺼낼 때 당연히 긍정적인 태도로 이야기를 이어나갔겠죠. 하지만 그 화제 자체를 거부하고 피하는 모습을 보니, 적어도 그는 당분간 결혼이 일어나지 않길 바라는 상태인 것 같아요. 아마 당신과 결혼하는 것을 상상도 할 수 없다 정도까지는 아니라도, '지금 당장은 전혀 누구와도 결혼할 생각이 없다' 정도가 가깝지 않을까 생각되고요. 양가 어른들과 인사를 한 것이 당신에게는 결혼 전 자연스러운 절차처럼 여겨졌을지 모르지만, 그에게는 결혼과는 아무 상관없는 일이었을 것 같네요. 당신은 예비 사위를 소개하는 느낌이었겠지만, 그에게는 그저 여자친구의 부모님을 뵙는 자리 그리고 자신의 부모님과 여자친구가 만나는 자리 그 이상도 이하도 아니었을 수 있어요. 많이 실망스럽겠지만, 사랑하는 사람이라고 해서 내 맘 같을 순 없는 거니까요. 우리가 믿어야할 건, 단서가 아니라 그 사람의 정확한 말과 행동이겠죠.

사랑하는 사이지만 생각이 달라 부딪힐 때, 우리는 조금씩 생각을 움직여 그 사람을 이해해보려고 노력합니다. 사소한 것이라면 내가 그냥 양보하고 저 사람이 원하는 대로 해줄 수도 있죠. 그런데 서로 다르게 생각하는 부분이, 사소한 게 아니라 앞으로 어떻게 살지에 대한 부분이라면 이야기는 달라지죠. 그건 양보하기 쉽지 않고, 타협하기도 쉽지 않은 영역에 있는 것이니까요. 당신이 난감한 건, 그럼에도 불구하고 쉽게 그에게 솔직한 마음을 다 보여줄 수 없는 건, 바로 이 때문일 겁니다. 내 생각은 확고한데 그의 생각이 나와 너무 다르다는 걸 확인하게 되면, 그때는 당신이 원하던 삶을 포기하든 그 남자를 포기하든 둘 중의 하나를 포기해야 할 테니까요. 둘 다 당신에게는 소중한 것인데, 어느 쪽을 포기하든 상처는 되겠죠.

하지만 이제 결정해야 하지 않을까요? 당신이 꼭 만들고 싶은 삶의 형태를 공유할 수 없는 사람과 그 삶을 공유하고 싶어하는 일에 대해서 고민해야 한다고요. 그 사람이 지금 당장 결혼 생각이 없는 건지 아니면 영원히 결혼을 하지 않을 생각인지, 혹 최악의 경우 그저 당신과 결혼할 생각이 없는 건지를 그에게서 가장 구체적인 단어로 들어봐야 할 이유가 충분한 거죠. 당신이 운을 띄우자마자 그가 "결혼은 무슨?"이라 말하며 당신을 입다물게 만들려 한다면, 바로 그때가 당신이 지지 않고 정확한 질문을 던질 때예요. 이건 그 남자의 문제가 아니라, 두 사람 사이의 문제이고, 당신의 문제이기 때문이에요.

하지만 이렇게 정확한 언어로 당신이 원하는 그 지점까지 파고들어가는 건 좀 무서운 일이죠. 결국 부정하고 싶었던 진실을 알게 되는 순간, 이 사람과 더이상은 갈 수 없겠구나 라는 걸 깨달을 각오를 해야 하니까요. 하지만 참 아이러니하죠.

슬픈 진실을 깨달을 각오를 한 사람만이, 지금의 이 피곤한 상황을 어떻게든 탈출하니까요.

이야기가 잘돼서 "그래, 언제쯤엔 결혼할 수 있게 지금부터 차근차근 준비해보자"라는 대답을 듣든, "우린 여기까지인가봐"라는 대답을 듣든, 그건 오직 헤어질 각오를 한 사람만이 맛볼 수 있는 어떤 것이죠. 결혼이란 누가 누구를 허락하고 말고의 문제가 아니라, 함께 뜻이 맞는 사람끼리 만드는 운명 공동체라는 사실을 기억하세요. 사흘 만난 남자에게 결혼하자는 것도 아니고(그것도 못할 건 없지만요), 당신이 확신을 가지고 3년을 만난 남자에게 결혼하자고 하는 것이 대단한 일은 아니잖아요? 설득을 하든, 합의를 하든, 혹여 포기를 하든, 적어도 지금보다는 덜 불안해질 거라 믿어요.

그가 질투를 좀 했으면 좋겠어요

저는 스물다섯 살 여자예요. 남자친구는 여덟 살 연상입니다. 남자친구는 표현을 많이 하지 않는 편입니다. 연락도 항상 제가, 사랑한다거나 보고 싶다는 말도 항상 제가 합니다. 심지어 제가 다른 이성에게 고백을 받았다고 이야기해도, "너 기분좋았겠다! 아직 안 죽었는데~"라며 장난을 칩니다. 제가 너무 화가 나서 질투도 안 나냐고 물어보면, "널 믿으니까 그렇지, 니가 그럴 애냐?"라고 하는데 정말 바람피워봐야 정신 차리나 하는 생각마저 듭니다.

남자친구는 제가 더 많이 좋아한다는 걸 알고 있고, 자기가 무슨 짓을 해도 곁에 있을 거라고 생각하는 것 같아요. 하지만 저도 이제 보통 여자들처럼 공주 대접받고 싶습니다!

나를 떠받들어준다는 느낌이 필요한 건가요? 아니면 내가 다른 남자에게 대시를 받을 정도로 매력적이라는 걸 인정받고 싶은 건가요? 어느 쪽이든 남자친구에게 당연한 것처럼 요구해야 하는 감정이라고는 생각되지 않네요. 아마도 남자친구가 당신이 원하는 만큼 표현을 안 하는 상황이다보니, 감정적으로 허기가 져서 '좀더 확실한 인정'에의 욕구가 강해지고 있는 상황으로 생각돼요. 당신이 원하는 것이 과했든, 그가 너무 무뚝뚝한 사람이었든, 지금 상황은 당신에게 결코 긍정적이지 않죠.

하지만 문제의 핵심이 '그가 질투를 안 해서 속상합니다'는 아닌 것 같아요. 당신이 원하는 건 그의 질투가 아니라 그저 지금보다 더 뜨겁게 더 확실히 사랑받고 있다는 느낌일 테니까요. 그 느낌을 받지 못하는데, 갑자기 그가 질투를 한다고 해서 당신이 행복할까요? 그건 아니겠죠?

당신은 좀 속상하고 감정적으로 허기도 느끼겠지만 그를 비난하지 않았으면 좋겠어요. 물론 나를 좋아한다는 느낌을 못 받을 정도로 표현을 너무 하지 않는 건 좀 문제예요. 하지만 질투를 하지 않는 것, "너가 그럴 사람이냐?"라고 말하는 건 당신을 무시해서가 아니라 정말로 당신을 믿기 때문이에요. 어차피 잘될 사이는 의심하거나 질투하지 않아도 잘되고, 아무리 질투하고 의심해도 떠나갈 사람은 떠나간다는 생각을 하고 있을 수도 있죠. 표현이 좀 부족한 부분에 대해서는 당신이 얼마나 갈증을 느끼는지 설명하고 요청을 하되, 왜 질투를 하지 않느냐고 컴플레인할 필요까지는 없어요. 그가 좀더 당신이 원하는 표현을 많이 하게 되면, 당신은 질투를 통해서라도 그 마음을 확인하고 싶은 욕구가 점점 사라질 테니까요. 연인의 일거수일투족을 체크하고 감시해야 한다고 생각하는 사람에 비하면, 당신의 남자친구는 오히려 건강한 내면을 갖고 있다고 여겨져요.

　　원하는 것이 있으면 말하세요. 화내지 않고 자신이 원하는 걸 부드럽고 단호하게 이야기하는 건 언제나 쉽지 않은 일이죠. 하지만 그것을 제대로 해내고 나면 나는 한결 성장하게 되고, 두 사람의 관계는 보다 유연해지기 마련이에요. 그가 당신을 믿으면서 당신에게 뜨거운 애정 표현도 많이 했다면 좋았겠지만 언제나 사람은 또 바뀔 수 있는 존재니까요. 당신에게 애정 표현과 지속적인 관심의 표현이 얼마나 중요한 일인지 잘 설명할 수 있다면, 두 사람의 관계는 분명 지금보다 더 좋아질 겁니다.

회사 엠티를 무조건 가지 말라고 합니다

직장인 여자입니다. 회사에서 부서 엠티를 가게 됐는데 남자친구가 절대 안 된다고 난리입니다. 저는 이건 그저 공적인 일이라고 생각하는데, 남자친구는 회사에서 친한 남녀가 삼삼오오 여행 가는 거라고 받아들이는 것 같습니다. 제가 1박 2일 동안 남자들이랑 펜션에서 술 마시며 웃고 떠드는 장면을 상상만 해도 싫다고 하는데, 저는 이렇게 생각하는 남자친구가 더 이해가 안 됩니다. 어떻게 해야 할까요?
참, 새로 오신 부장님이 술버릇이 좀 안 좋아 여직원에게 블루스를 추자고 한 전력이 있긴 합니다.

음, 아무리 공적인 업무에 관련된 것이라 해도 연인의 입장에서 그게 영 싫을 수는 있다고 생각해요. 꼭 남자직원이 개입된 상황이 아니라 해도, 그러니까 이를테면 당신 혼자서 해외출장을 가는 상황이라도, 당신을 걱정하고 또 당신이 늘 가까이 있었으면 좋겠다고 생각하는 남자친구의 입장에선 싫을 수는 있는 거죠. 당신이 경험하는 모든 상황이 다 기분좋을 수도 없는 거고요. 하지만 지금 그는 그저 싫은 내색을 보이는 것을 넘어서 당신의 업무와 관련된 일을 '반대'하고 있다는 것이 문제의 핵심인 것 같네요. 상대방의 일과 관련해 반대를 할 수도 있느냐, 반대하고 말고 할 수 있는 문제가 아니냐에 대해 그와 당신이 서로 다른 생각을 갖고 있었는데 이번 상황 때문에 갈등이 증폭된 것이고요.

남자친구가 반대하면 그의 말을 들어야 한다고 생각하는 여자였다면 크게 문제가 되지 않았겠지만, 당신은 그렇게 생각하는 여자가 아니니 부딪히는 건 당연한 일이에요. 만일 저도 저의 일에 대해서 그저 싫은 기색을 떠나 반대 입장까지 보이는 남자였다면, 말다툼을 하고 또 그에게 많이 실망했을 거예요. 당황스럽기도 하고 어이없기도 할 당신의 마음은 십분 이해합니다.

하지만 남자친구가 걱정할 만한 부분이 아예 없진 않은 것 같아요. 사람들이 많은 술집에서 밤새 술을 마시는 것과 혹시라도 무슨 일이 생겼을 때 도움 요청하기가 힘들 수 있는 펜션에서 밤새 술을 마시는 것은 당신이 경험할 위험도에 차이가 있으니까요. 게다가 직장 내 인간관계라는 것이 위계서열로 구성되어 있기에, 불편한 상황이 생겼을 때 제대로 항의하거나 제어할 수 없는 부분이 존재하기도 하고요. 그 와중에 술버릇이 좋지 않은 부장님과 함께 시간을 보내는 것 역시 그에게는 '반대'해야 마땅한 사유로 여겨질 수 있겠다고 생각해요. 공적인 일이 맞지만, 공적인 일이기 때문에 더더욱 위험할 수 있다고 느끼는 거죠. 물론 당신에게 '남자들이랑 웃고 떠들고 술 마시는 거'라고 표현하며 당신의 일에 관한 부분을 비하하듯 이야기한 것은 잘못이지만, 그의 걱정이 아예 터무니없는 것도 아닌 거죠.

그러니 적절히 타협하길 원한다면, 이런 방법은 어떨까요? 엠티는 가되, 같은 펜션이나 주변에 숙소를 잡아 일정 후에는 그와 함께 시간을 보낼 수 있도록 하는 거죠. 당신의 일이니까 엠티를 아예 가지 않는 건 말이 되지 않고요. 일정이 모두 끝난 개인적인 시간에는 그가 함께한다 해도 큰 문제가 되지 않을 거라 생각해요.

하지만 그 방법은 서로 한 발짝 물러서는 것이긴 하나 일하는 사람으로서 당신의 아이덴티티가 다소 훼손된다는 느낌을 받을 수 있기도 해요. 일하는 사람으로서 온 자리에서조차 남자친구의 보호나 감시 같은 것을 받아야 하는가 하는 의문도 들 수 있고요. 저는 이 부분이 훼손된다는 생각이 든다면, 다소 저항과 말다툼이 길어지더라도 그에게 "이것은 반대할 사안이 아니다"라고 확실히 밝힐 필요가 있다고 생각해요. 이번 갈등을 계기로 확실하게 선을 긋고 지나갈지, 갈등상황을 겪을 때마다 매번 절충안을 만들지는 당신의 선택이 되겠지요.

동시에 두 남자를 좋아하고 있습니다

4년 정도 만난 남자친구가 있습니다. 하지만 지금 다니고 있는 대학원 동기가 갑자기 사랑 고백을 해왔는데 거절하지 못했습니다. 사귀는 건 아니지만 그후로 몇 번 데이트를 했고요. 문제는 두 사람 다 놓치고 싶지 않다는 겁니다. 남자친구는 편안해서 좋고, 그 사람은 설레고 더 끌리는 느낌이 있어서 좋아요.

이십대 초반, 정말 아무것도 확실하지 않았던 그 시절에 저도 세 명의 남자를 동시에 만난 적이 있었어요. (하하, 믿겨지지 않으실지도 모르지만.) 어느 순간, 이도 저도 아닌 채로 제가 세 명의 남자를 동시에 만나고 있더라고요. 그때는 세 명씩이나 나를 원한다는 생각에 좀 우쭐한 기분까지 느끼며 그 사람들을 만났어요. 그냥 내가 어떻게 살아야 할지 몰라서 감정적으로 허기가 져 있던 것뿐이었는데도, 그런 바보 같은 생각을 했죠. 그런데 당시에 좋았던 건 A가 피곤하면 B를 만나면 되었고, B가 같이 갈 수 없는 곳엔 C와 가서 데이트를 하면 된다는 거였어요. 언제든 가장 적절한 옵션을 취해 만나면 되었기 때문에, 그 사람을 위해 많이 배려할 필요도 없었고, 그 사람이 무엇 때문에 힘들어하는지 알 이유도 없었죠. 전 세 명에게 동시에 사랑받고 있다고 바보처럼 우쭐거렸지만, 사실 한 사람도 제대로 끌어안을 자신이 없는 겁쟁이에 불과했어요.

부끄럽고 계면쩍지만 그래도 제 이야기를 털어놓은 건, '둘 다 놓치고 싶지 않다'는 당신의 말이 그저 욕심만으로 들리지는 않아서예요. 오래전의 제 모습과 겹쳐 보이기도 하고요. 한 사람은 편안해서 좋고, 한 사람은 설레는 느낌이 강해서 좋다고 하셨죠. 하지만 이 말을 바꿔보면, 당신은 더이상 설레지 않는 남자친구를 감당하기도 싫고, 아직 편안함이 없고 완벽히 믿을 수 없는 뉴페이스도 감당하기 싫은 거죠.

두 명이나 나를 사랑하니 나는 잘 살고 있는 걸까요? 아뇨, 나는 아직 어떻게 살아야 할지 모르는 사람일 뿐입니다. 무엇을 감당할 수 있고, 무엇이 내 행복과 직결되는지를 잘 모르겠으니, 사람을 볼 때도 달콤한 부분밖에는 보이지 않는 것이고요. 내가 정말 원하는 것이 무엇인지 알게 되면, 내가 포기할 수 없는 것이 보이고, 끝내 내가 감당할 수 없는 것이 보이죠. 스스로의 답을 구하지 못한다면, 열 명을 만나도 풀리지 않는 갈증과 복잡한 심경만을 선물로 받게 될 거예요.

당신을 좋아하는 그 두 사람에게 상처 주는 일이 없기 위해선 당신이 가능한 한 빨리 답을 내려야 하겠지만, 어떻게 살 것인가에 대해 원하는 만큼 재빨리 답을 찾는 게 그리 쉬운 일도 아니겠죠. 부디, 당신의 건투를 빌어요.

다정다감해서 좋았던 그 사람, 알고 보니 모두에게 그래요

잘생긴 외모와 다정다감한 성격을 가진 남자친구에게 반해 사귀기 시작한 지 1년 정도 되었습니다. 문제는 저 말고 다른 여자들에게도 너무 잘해준다는 겁니다. 여자후배 생일이면 먼저 나서서 밥을 사주고, 술자리 중간에 누가 집에 간다고 하면 꼭 택시를 잡아주고, 춥다고 하는 여자애가 있으면 자기 겉옷도 쉽게 벗어줍니다. 자존심 상해서 다른 여자들에게 잘해주지 말라고 했더니, 그냥 좋은 후배들일 뿐이라며 오히려 저를 타박합니다.

연애라는 게 내가 이 사람에게 특별한 존재라는 걸 경험하는 일인데, 이렇게 다른 여자들에게 다 잘해준다면 '나는 특별한 존재야'라는 느낌이 희석되기 마련이죠. 게다가 그런 친절을 경험하는 다른 여자들이 당신의 남자친구에게 특별한 마음을 품을 수도 있다는 생각을 하면 적잖이 불편해지는 것도 당연한 거고요.

당신이 무조건 "잘해주지 마"라고 항의하기보다는, 그의 그런 행동이 왜 당신에게 속상함을 불러일으키는지 정확하게 설명하는 것이 가장 중요해요. 그냥 보기 싫고 불편해서가 아니라 그의 그런 행동을 보면 당신이 어떤 기분이 드는지를 솔직히 털어놓아야 한다는 거예요. 물론 이건 쉽지 않은 일일 겁니다. 내가 초라해지고 자존심이 상한다는 이야기를 쉽게 할 수 있는 사람은 그리 많지 않아요. 하지만 이런 당신의 마음을 이야기하지 않고 그의 태도를 비난한다면, 그는 도저히 당신을 이해할 수 없겠죠.

하지만 당신을 만나기 전부터 그가 가져왔던 성격적 특성을, 단지 보기 거슬린다는 이유로 전부 다 바꾸라고 말할 수는 없어요. 그런 제안에 그가 응하지도 않을 것이고요. 그렇기 때문에 당신은 '선'을 정해야만 할 겁니다. 술자리에서 누가 먼저 간다고 할 때 택시를 잡아주는 것은 괜찮지만 옷을 벗어주는 건 싫다, 여자후배 생일에 밥을 사줄 순 있지만 단둘이는 싫다, 이런 식으로요.

누군가 내게 그랬다.
평생을 같이 살고 싶던 사람이라도
결국 결혼에 대한 회의적인 생각이
들게 만드는 것이 결혼이라고.

곱씹어볼수록 참 서글픈 말.

소개팅 후에 애매한 남자, 속을 모르겠어요

소개팅 후 일주일 동안 연락이 없다가 갑자기 "오늘 맥주 한잔 하자"며 불러내 은근히 스킨십도 하더니, 그 이후로는 뜨뜻미지근해졌어요. 이 남자 대체 뭐죠? 문자를 보내면 성의 있게 답도 잘해주고, 전화를 걸면 한 시간씩 통화도 합니다.
그런데 한번은 만나자고 했더니 너무 바빠서 시간이 안 난다고 하더라고요. 전 정말 잘해보고 싶은데, 이 남자 저에게 마음이 있긴 있는 걸까요?

전요, 그렇게 소개팅이 싫더라고요. 서로를 요모조모 뜯어보며 이런저런 계산을 할 수밖에 없게 세팅된 상황도 그렇지만, 소개팅 이후에 여자가 적극적이면 뭔가 룰을 어긴 것 같은 분위기가 되어버리는 것이 싫었어요. 그 사람이 아무리 맘에 들어도, 남자의 애프터가 오지 않는 이상 먼저 연락하기가 쉽지 않더라고요. 소개팅이 아닌 상황에서는 좀더 적극적일 수 있었지만, 소개팅 이후의 만남에 대해서는 일종의 불문율이 존재하기에 도저히 적극적이 될 수 없었던 것 같아요.

어쩌면 당신도 저와 같은 생각 때문에 이렇게 헷갈리는 상황까지 온 것이 아닐까 하는 생각이 들어요. 이렇게 호감이 가는 남자에게 일주일 동안 연락 한 번도 하지 않았고, 당신의 마음을 적극적으로 표현하지도 못했으니까요. 그 남자가 확실하게 표현해주면 당신도 마음을 표현할 수 있겠는데, 그가 애매한 태도를 보이니 당신은 한 발짝도 앞으로 갈 수 없는 거죠.

당신의 마음을 솔직하게 "당신하고 잘해보고 싶어요. 나랑 만날래요?"라고 표현한다면 당신은 그가 당신에게 마음이 있는지 없는지 가장 정확하게 알 수 있을 겁니다. 그게 가장 시간을 아끼는 방법일 거예요. 뾰족하게 질문하면 가장 뾰족한 답을 들을 수 있는 법이기에, "네, 우리 한번 만나봐요"든 "미안해요. 전 당신과 만날 생각이 요만큼도 없어요"든 결과를 알 수 있게 될 거예요. 다만 후자의 답을 듣게 되었을 때 감당해야 할 충격과 그 순간의 기분도 감당해야 하죠. 이것을 감당하는 대신 당신의 귀한 시간을 절약할 수는 있으니, 선택은 당신 몫이 되겠죠.

음, 저는 이런 상황일 때 그냥 무조건 고백했어요. 마음을 확실히 표현해주지도 않는 사람에게 내 감정을 저당잡힌 채로 사는 것이 답답하고 싫었으니까요. 그가 먼저 표현해주기를 기다리기에는 내 시간이 너무 아까웠으니까요. 어차피 나를 만날 의사가 없는 남자라면, 굳이 나도 목맬 이유가 없다고 생각했으니까요. 잠시 자존심이 상할지라도, 내가 괜찮은 사람이라는 확신이 있으면 꼭 이 사람에게 선택받진 않아도 되는 것이라고 생각했어요.

사실 그가 당신의 호감 표시에 대해 적절한 수준에서 거절 의사를 밝혔다고 생각해요. 당신과 잘해보고 싶었다면 그런 식으로 거절하지 않았을 거예요. 잘해보고 싶은데 바빠서 만날 시간이 없다면 "이번주는 바쁜데 다음주는 어때요?"라고 당신의 상황에 대해 물었을 겁니다. 많은 경우 "바빠서 힘들 것 같네요"는 완곡한 거절의 의미로 쓰는 수사적인 말이죠. 결국 바쁘다는 말 뒤에 어떤 말이 붙는지가 중요할 겁니다.

맥주 한잔 하자고도 하고, 스킨십도 했고, 성의 있게 답도 해주고, 한 시간씩 통화를 했다는 단서가 있다고 해도, 정작 다시 한번 만나자는 말에 거절한다면 그건 무의미할 뿐이죠.

권태기인 것 같지만 헤어지고 싶지는 않습니다

만난 지 5년째, 절대 식지 않을 것 같던 사랑이 문득 시들해졌다는 느낌이 듭니다. 그렇다고 헤어지고 싶다거나 다른 사람을 만나고 싶은 건 아니지만, 한마디로 귀찮은 느낌이 든다고 해야 할까요? 여자친구도 저만큼 권태감을 느끼는 상태라 당분간 서로 연락을 조금 줄이고 만나는 횟수도 줄여보기로 했는데, 이런 방법 괜찮은 걸까요?

오랫동안 한 사람과 연애를 하게 되면 설렘보다는 익숙함이라는 것이 두 사람을 지배하는 주된 정서가 되는 것 같아요. 익숙하다는 건 정말 깊은 친밀감을 느끼는 일이기도 하지만, 지루함과도 연결되는 감정이기에 오래 사귄 연인들은 친밀한 것이 좋으면서도 그 안에서 어쩔 수 없는 지루함을 발견하고 간혹 흔들리기도 하는 것 같고요.

　　일반적으로 연인은 사귄 지 3년 안에는 권태감을 최소한 한 번쯤 경험하게 되니, 5년이 되어서야 사랑이 식었다는 느낌을 가졌다면 그저 올 것이 왔을 뿐이죠. 그렇다고 헤어지고 싶거나 다른 사람을 만나고 싶은 생각이 드는 것도 아니라고 하니 더더욱 다행이고요. 그리고 무엇보다도 두 사람이 이렇게 서로의 감정에 대해 허심탄회하게 털어놓고 앞으로의 관계에 대해 얘기했다면 두 사람은 이 시간을 잘 관통할 것 같네요.

의식적으로 연락을 줄이고 만나는 횟수를 줄여보는 것도 나쁜 선택은 아니에요. 하지만 그저 덜 만나고 덜 연락하는 것으로는 더 좋은 것 역시 일어나지 않을 거예요. 이 관계에 대해 권태감을 느끼고 있고, 여자친구가 귀찮게 느껴진다는 건 결국 그런 관계에 있는 내 모습, 그녀와 함께 있는 내 모습에 대해 권태감을 느끼는 것과 같은 것이기 때문이죠. 상대방에게 문제가 있는 게 아니라(즉 상대방이 변한다고 해서 이 관계가 좋아지는 게 아니라), 결국 이건 내 문제라는 걸 깨달아야만 두 사람의 관계에 생동감이 찾아올 것입니다. 앞으로 1년간 만남을 자제한다고 해도, 내가 조금도 변하지 않는다면, 내가 내 모습에 대해 새로움을 발견하지 못한다면, 다시 만났을 때 지겨운 감정이 금세 고개를 들걸요?

저는 당신과 그녀가 꼭 각자의 여행을 떠나보라고 추천하고 싶습니다. 5년간 두 사람이 함께 여행을 떠난 적은 많아도 혼자서 여행을 떠난 일은 그리 많지 않았을 거예요. 한 번도 없을 수도 있죠. 적극적으로 자신을 혼자 두는 경험을 통해 자신의 새로운 모습을 발견하고, 스스로에게 더 좋은 감정을 갖게 된다면 그것만큼 연애에 도움이 되는 것도 없거든요. 또 누군가를 케어하거나 신경쓰지 않고, 온전히 자신의 욕구나 취향대로만 자유롭게 시간과 경험을 구성하는 행위를 통해 100%의 자유를 누리는 것도 스스로의 내면을 새롭게 발견하는 데에 아주 좋은 계기가 되고요.

소극적으로 행동하면 소극적인 결과만을 얻죠. 적극적으로 행동하면 적극적인 변화를 맞이할 수 있고요. 그저 연락을 안 하는 정도가 아니라, 각자를 위해 그리고 이 관계를 위해서 뭔가 행동을 하셨으면 해요. 여행이든, 새로운 취미나 커뮤니티 활동을 택하든, 뭔가를 새로 배우든, 그건 어떤 식으로든 긍정적인 결과를 만들 겁니다.

일이 중요해? 내가 중요해? 묻고 싶어요

남자친구는 심각한 일중독자입니다. 출근은 한 시간씩 일찍, 퇴근은 정해진 시간이 없고, 평일 근무 시간에는 연락도 안 됩니다. 저와 약속이 있어도 야근 때문에 못 나온 날도 허다하고, 주말 역시 자주 출근합니다. 전 그저 다른 연인들처럼 같이 영화 보고 밥 먹는 평범한 데이트를 원하는 건데, 너무 서운합니다.

진지하게 서운함을 토로해봤지만 자기는 일할 때가 제일 좋고, 저를 위해서라도 더 열심히 일하는 거라는데, 저는 솔직히 이해가 되지 않습니다. 그를 이해해주기엔 제가 많이 지친 것 같기도 합니다.

자기 일을 사랑하고 열심히 하는 사람은 그 자체로 매력 있죠. 하지만 당신의 남자친구처럼 오로지 일밖에 모르는 남자친구라면 내 곁에 둬도 될지 많이 고민이 될 것 같아요. 일을 열심히 하더라도 당신과의 접점이라는 게 있어야 하는데, 지금 당신은 그 접점이라는 걸 전혀 느끼지 못하고 있으니까요. 어떤 사소한 차이점이 있거나 거슬리는 점이 보일 때, 자꾸만 다투게 될 때는 적절한 표현을 통해 컴플레인을 하고 그를 통해 의견 차이를 좁히는 것이 필수적인 일일 겁니다. 사소한 불만이든, 좀 많이 거슬리는 부분이든, 자신의 생각을 확실히 밝히면서도 상대방을 공격하지 않는 스킬이 필요하죠. 그런 부분을 통해서, 우리는 서로에게 점점 더 필요하고 소중한 사람이 되어가는 것 같기도 하고요.

하지만 지금 그와 당신이 경험하고 있는 생각 차이는 단순히 몇 번의 컴플레인이나 대화로 풀 수 있는 성격의 것이 아닌 것 같네요. 당신은 이미 그를 일중독자로 규정한 상태이고, 그는 가능한 한 많은 시간을 일에 집중하고 싶어하니까요. 평범한 데이트조차 가능하지 않다는 생각 때문에 당신은 이미 지쳐 있고, 진지하게 서운함을 토로해보아도 그는 마음을 바꿔볼 생각조차 없죠. 서로 조금도 양보할 생각이 없는데, 한 사람의 지친 마음과 한 사람의 무덤덤한 마음으로 어떻게 연애가 지속될 수 있겠어요?

만약 앞으로 이 연애가 지속된다면, 그건 당신의 감정적 희생이 담보되어야만 가능한 일이겠죠. 그 상태로 얼마나 이 관계를 끌고 갈 수 있는지는, 오직 당신의 마음만이 알고 있겠죠. 무덤덤한 사람은 이 상태로 계속 갈 수 있겠지만, 지친 사람은 계속 갈 수 없는 거니까요. 자신의 소중한 마음이 배려받지 못했다는 느낌이 드는데도 그 관계를 지속한다면 가장 다치는 건 본인일 뿐이니까요.

그 사람은 쉽게 변하지 않을 거예요. 자신이 살아 있다, 가치 있는 존재다, 라는 생각을 일에서 가장 많이 얻고 있는 상황이니까요. 그 사람은 그 사람대로 가장 중요한 일에 자신을 투자하고 있을 뿐이기 때문에 당신이 진지하게 서운함을 토로해도 쉽게 바뀌지 않을 거라고요.

　자, 그러니 마음속으로 한 가지 시뮬레이션을 해보시라고 권하고 싶습니다. 이건 제가 실제로 제가 써봤던 방법이기도 한데요. 지금 당장 헤어짐을 선언하지도, 당장 그에게 원하는 걸 더 애원하지도 않은 채로 그저 내 마음을 바꿔보는 겁니다. 그가 세상에 더이상 존재하지 않는다고 상상하는 거예요. 죽었다고 상상해도 되죠. 그렇게 가정해보았을 때 그것이 가능하고, 오히려 마음이 편안해지는 부분이 있다면 당신은 그의 손을 놓을 준비가 된 거라고 봐도 됩니다. 당신이 원했던 건 딱히 그가 아니라, 그저 곁에 있어줄 좋은 남자였다는 증거일 수 있거든요.

　너무 바빠서 연락도 잘되지 않는 남자를 겨우 일주일이나 열흘 만에 한 번씩 만나던 끝에 '그냥 죽었다고 생각해보자'라고 스스로에게 주문을 걸었더니 오히려 마음이 편해지는 거 있죠. 전 그때 깨달았어요. 내가 원했던 건 좋은 관계였지, 이 남자가 아니었구나 하는 사실을요. 내 마음이 크고 깊은 줄 알았는데, 사실은 별것 아니었구나 하는 것도요. 어쩌면 제가 그 남자를 계속 원하게 만들었던 건 진짜 사랑이 아니라 그저 마음의 관성이었을 거란 생각도 했어요. 일단 시작했으니 더 좋아져야 하는 것 아니야? 하는 관성요. 그런 생각이 드니까 정말 쉽게 그 사람을 놓을 수 있었어요. 한 번의 상상으로 마음의 관성을 끊어내버린 거죠.

　만약 도저히 이런 상상이 되지 않거나 죽었다는 생각만

으로 눈물이 앞을 가린다면…… 그럼 이 사람을 놓으면 안 되겠죠. 지쳐서 쓰러질 것만 같아도, 이 사람을 붙잡아야지 별 수 있겠어요. 제가 소개해드린 방법을 통해, 부디 스스로의 마음을 깨닫게 되시길 바라요.

연애와 결혼의 계획을 세우려면 어떻게 해야 할까요?

곧 서른 살이 됩니다. 그래서인지 한편으로는 마음이 복잡하고, 또 한편으로는 성공적인 삼십대를 보내고 싶다는 생각이 듭니다. 삼십대에 연애의 첫 단추도 잘 끼우고, 결혼도 잘하고 싶은데, 어떻게 계획을 짜야 할까요?

새해맞이 계획처럼, 삼십대를 맞이하는 계획을 세우길 원하시는 거네요. 하지만 어쩌죠. 혼자 하는 일에도 계획이라는 건 무의미해지는 것이 다반사인데, 연애나 결혼은 나 혼자 하는 게 아니라 상대방도 함께하는 거잖아요.

다만, 일종의 열린 계획을 세워둘 수는 있겠죠. 삼십대 초반에는 진지하게 만날 사람을 찾기 위해 노력하고, 적어도 서른네 살쯤엔 결혼을 약속하고 싶다는 그런 생각 정도요. 대략적인 인생 계획을 세워둘 수는 있지만, 계획한 대로 되지 않더라도 받아들일 수 있을 정도로요.

계획은 세워두세요. 하지만 그대로 진행될 거란 기대는 접어두세요. 원하는 대로 흘러가지 않아도 그 흐름을 받아들일 수 있는 것을 배우는 것이, 어쩌면 우리 삶에서 가장 중요한 덕목일지도 모릅니다.

동거 경험이 있는 여자친구, 왜 이렇게 당당하죠?

어디 하나 나무랄 곳 없는 완벽한 여자친구와 사권 지 10개월 정도 됐습니다. 얼마 전 서로 과거 연인들에 대한 이야기를 하다가 여자친구가 전남자친구와 6개월 정도 동거를 했다는 사실을 알게 됐습니다. 전 너무 당황스러웠는데, 여자친구는 "왜 놀라? 그게 뭐 잘못됐어?"라고 아무렇지도 않게 반응하더라고요. 스스로는 제가 개방적인 사람이라 생각해왔는데, 막상 여자친구의 동거 이야기를 들으니 피가 거꾸로 솟는 느낌이었어요. 다른 남자와 신혼부부처럼 살았을 것을 생각하니 화가 멈추질 않습니다.

아무리 세상이 바뀌었어도 자신의 동거 경험이 이렇게까지 당당할 수 있는 일인가요? 제가 이상한 건가요?

적어도 한국사회에서 동거 경험을 당당하게 말하는 건 쉽지 않은 일이 확실해요. 결혼 날짜를 잡아두지 않은 채로 하는 동거는 정말 가까운 사람에게도 알리기가 쉽지 않은 일이죠. 그건 일종의 사회적 금기나 마찬가지고요. 그러므로 자신의 과거 동거 경험에 대해 현재의 애인인 당신에게 흔쾌히 털어놓은 그녀는, 이 사회적 금기를 당당하게 넘어서며 당신에게 충격을 준 과오가 있겠네요.

하지만 딱 거기까지죠. 다른 남자와 신혼부부처럼 살았

던 경험 자체는 잘못이 아니라는 겁니다. 속이 상할 수는 있지만, 그건 그저 그녀의 삶이었고, 그녀의 선택이었으며, 더욱이 당신을 알기도 전에 있었던 일이었으니 당신은 "왜 그런 일을 했냐"고 그녀를 비난해서는 안 되는 거죠. 그런 식으로 따지면, 당신은 지금 여자친구와 헤어질지도 모르니까 미래의 여자친구나 아내를 위해 그녀와는 아무것도 해서는 안 되는 게 되지 않나요? 나를 만나기 전에 있었던 일로 상대방을 비난하는 것만큼 어불성설도 없는 거죠. 다른 남자와 얼마나 가까웠는지를 바탕으로 그녀의 가치를 매기고 싶은 거라면, 당신은 개방적이고 그렇지 않고를 떠나서 그녀를 독립적인 한 명의 인간으로 인정하고 싶지 않은 사람일 뿐이죠. 그녀의 당당한 태도에 당신이 더 화가 나는 건, 바로 이 이유 때문이에요. 차라리 자신의 동거 경험을 부끄러워하면 용서할 수 있겠는데, 너무 당당하니 더 화가 나는 거죠.

속상한 마음은 이해해요. 사랑하는 사람과 처음 어떤 순간을 공유하는 것이 로맨틱하다는 것에도 어느 정도 동의할 수 있어요. 하지만 그 사람의 과거를 통해 그 사람을 재단할 수 있다고 믿는다면, 우리는 우리 눈앞에 있는 사람을 온전히 사랑할 수 없게 돼요. 스스로를 속이면서까지 관계를 이어가기보단, 내가 정말로 맘 편히 받아들일 수 있는 지점이 어디까지인지 정확히 파악하는 것이 먼저겠지만요.

그의 은밀한 취향을 알게 된 후 하루하루가 괴로워요

1년 넘게 만난 남자친구와 결혼을 생각하고 양가 부모님께 인사까지 드린 상태입니다.

어쩌다 몰래 남자친구 휴대폰을 뒤져보았는데, 알고 보니 남자친구는 여성의 중고 속옷을 판매하는 카페에서 한 여성과 며칠에 걸쳐 야한 사진과 대화를 주고받은 적이 있더라고요. 헤어지자고 했지만 워낙 절박하게 빌기에 용서해줬습니다. 하지만 최근에는 또 조건만남 어플을 통해 어떤 여자와 톡을 주고받았더군요. 정말 입에 담기도 어려운 수위의 말들이었습니다. 제가 다그치니 "그저 스트레스 해소 방법이었을 뿐이다"라며 다신 안 그러겠다고 빌고 또 빌고 있습니다.

평소에는 제 말도 잘 듣고, 정말 잘해주는 남자친구라 더 마음이 아프네요. 이 남자 어쩌면 좋죠? 이런 못된 습관을 고치게 하려면 어떻게 해야 할까요?

남에게 해를 끼치지 않는 선에서 사람에게는 취향의 자유가 있다고 생각해요. 중고 속옷을 살 수도 있고 어플을 통해 평상시엔 못하는 말을 주고받으며 성욕을 해소할 수도 있죠. 하지만 이 모든 일이 당신과의 관계가 진전되는 상황 속에서 함께 일어난 것이라면 이 관계의 미래는 밝지 않아요. 최소한 당신을 존중했다면 당신과 만난 이후로는 그래선 안 되는 거였으니까요. 취향에는 죄가 없을지 몰라도, 태도에는 죄가 존재하는 거죠. 당신을 알고 나서도 멈추지 못한 행동이, 결혼식을 올렸다고 당장 멈춰질까요? 멈출 일이었다면 이미 진작에 멈췄을 겁니다. 상담을 받든 치료를 받든, 추후에 문제가 될 부분을 고치기 위해서 노력했을 거예요. 당신 몰래 속옷을 구매하려 하거나 조건만남 어플을 다운받는 일 같은 건 하지 않았을 겁니다.

그리고 용서를 빌었으면 그후에는 비슷한 일이 벌어지지 않아야 하는 것이 기본 아닐까요? 그는 다신 그러지 않겠다고 했지만, 당신이 충분히 불쾌해할 만한 일을 반복적으로 실행에 옮기고 있는 사람일 뿐이네요. 못된 습관을 고치는 방법을 물어보셨는데요. 휴, 저 솔직히 그건 모르겠어요. 저라고 어떻게 다 알겠어요. 다만 제가 아는 건 이렇게 성욕을 해소하는 취향이나 방법에 대한 건 쉽게 바뀌지 않더라는 것입니다. 이미 오랫동안 굳어진 것일 경우가 많다는 것이에요. 당신이 고치고 싶다고 해서 고칠 수 있는 것이 아닌 거죠.

그래도 도저히 이 남자가 아니면 안 될 것 같다면, 그의 손목을 잡고 상담 치료를 받으러 가보시는 것도 방법이에요. 다만 저라면, 어떤 식으로든 나를 존중하지 않고 그 부분이 고쳐지지 않은 상태의 남자와 결혼을 진행하지는 않을 겁니다. 이 결혼, 처음부터 다시 생각해야만 합니다.

다른 사람을 사랑하는 그를 사랑합니다

스무 살 때 만난 남자가 있었습니다. 서로 정말 많이 사랑했지만 결국 여느 연인들처럼 이별을 겪어야만 했죠.

얼마 전 그에게 새로운 여자가 생겼다는 이야기를 전해 들었죠. 그러다 연락이 닿아 그와 마주하게 된 날, 밤을 같이 보내게 되었습니다. 허무함과 죄책감이 들었고, 이렇게 우리는 끝이구나 생각했죠. 하지만 저는 그를 잊을 수가 없습니다.

다른 사람을 사랑하는 그를, 다시 사랑해도 될까요?

다른 사람을 사랑하는 사람을, 사랑해도 되죠. 하지만 그건 당신에게 더 깊은 상처를 내는 일이 되고 말 거예요. 상처가 나도 좋으니 그 사람 곁에 있고 싶다고 생각하는 그 마음을 저도 경험해봤기에 너무 잘 알지만, 결국 그 상처를 바라보며 스스로를 원망하게 될 뿐이라는 걸 알려드려야 할 것 같네요.

하지만 누가 말릴 수 있겠어요. 결국 우리는 우리가 선택한 만큼의 상처를 훈장처럼 달고 살아갈 운명이라 생각하면, 저는 그분을 사랑하지 말라고 감히 말할 수가 없겠네요. 하지만 그래도 마지막으로 물을게요. 정말 괜찮겠어요? 정말?

애프터 신청을 하지 않는 남자지만 잘해보고 싶어요

얼마 전 한 남자와 소개팅을 하게 됐는데, 만나기 2주 전부터 연락을 해와서 그런지 서로 호감이 확실히 있었습니다. 대화도 잘 통했고 제가 사양하는데도 집 근처까지 데려다주는 등 분위기는 좋았습니다. 집에 도착한 후에 오늘 즐거웠다는 카톡까지 왔고요. 저는 그 소개팅이 성공적이었다고 생각했는데, 문제는 다음날 연락이 없었다는 겁니다. 그래서 제가 먼저 연락을 했고, 그후 이틀 정도 후에 자연스레 끊겨버렸습니다.

아마 제가 마음에 들지 않았던 거겠죠? 하지만 저는 한두 번 정도 더 만나보고 싶고, 아쉬운 마음이 듭니다. 좋은 결과를 얻을 수 있을 만한 심폐 소생술 같은 건 없을까요?

대화가 잘 통하고, 집 근처까지 데려다주고, 오늘 즐거웠다는 카톡을 하는 것을 두고 '마음이 있어야만 가능한 일'이라고 생각하는 사람들이 있죠. 바로 당신처럼요. 그런데 이 세 가지는 그 어떤 사람을 만나든 주선자를 위해 지켜야만 하는 기본 매너라고 생각하는 사람도 정말 많답니다. 아마도 그 남자처럼요. 그런 종류의 사람들이, 상대가 별로 맘에 들지 않았을 때 절대로 하지 않는 행동이 바로 '다음날 연락하기'일 겁니다. 만난 당일까지는 매너 있게 응대하다가, 다음날이 되면 서로를 아예 알지 못했던 시간으로 리셋되는 거나 마찬가지죠. 어제까지 친절하고 상냥했던 사람이 갑자기 세상에 없는 사람처럼 되어버릴 때 이쪽에선 당황스러울 수밖에 없지만, 그렇다고 항의할 수도 없는 일이 됩니다. 그는 그저 '매너'를 지켰을 뿐이니까요.

한두 번 정도 더 만나보고 싶다는 생각이 들면 만나봐야죠. 하지만 여기에는 두 가지의 장애물이 있습니다. 당신도 예상하겠지만, 그가 당신을 거절하면 절대 만날 방법이 없다는 것이 첫번째입니다. 그리고 두번째는 그가 첫 만남에서는 당신에게서 전혀 캐치하지 못했던 새롭고 강력한 매력을 어필해야 하는 부담이 높아졌다는 거죠. 당신이 처음에 보여줬던 모습에 그는 끌리지 않았으니, 반전을 가져다줄 만한 새롭고 강력한 무엇이 있어야 하는데 문제는 그게 그리 쉽겠냐는 겁니다. 당신은 나름대로 첫 만남에서도 최선을 다했을 테니까요.

한두 번 정도 더 보고 싶은 당신의 바람은 애초에 실현이 되지 않을 가능성도 높지만, 어찌 다시 만난다 해도 세번째 만남으로 이어지기 위해서는 당신이 새로운 뭔가를 보여줘야 하는 부담이 더 큰 문제가 될 겁니다. 이미 '별로 다시 만나고 싶지 않다'고 생각하는 사람의 마음을 되돌리는 일은 원래 어려운 일이니까요. 그리고 소개팅이라는 것이, 본래 그런 것을 포함하고 있는 만남이니까요.

일단 연락을 해보세요. 복잡한 부연 설명도 필요 없고, 다시 한 번 더 만나고 싶다고 말해보세요. 혹시라도 그가 당신의 적극적인 모습에 두번째 만남을 수락한다면, 두번째 만남은 당신이 스스로에 대해서 너무 많이 설명하려고 하기보다는 그냥 둘이 재미있는 시간을 가질 수 있도록 노력하는 쪽이 좋고요. 그냥 그 사람으로 하여금 '아, 이 사람이랑 있으니까 되게 편하고 재미있네?'라는 생각이 들게 하는 것이 더 쉽고 자연스러울 테니까요. 그 사람이 좋아하는 것이 뭔지, 요즘 관심을 갖고 있는 것이 뭔지, 어떻게든 알아내거나 기억을 끄집어내서 두번째 만남을 잘 만들어가보면 좋겠네요.

체중을 감량하면 사귀겠다고 하는 건 무슨 뜻일까요?

서른셋 남자입니다. 5년 전부터 해외에서 근무하고 있는 대학 후배를 짝사랑하고 있습니다. 농담 반 진담 반으로 결혼하자는 말도 던져보았고, 이미 저는 그녀를 와이프나 마누라라는 호칭으로 부르기까지 합니다. 후배는 크게 개의치는 않지만, 그렇다고 서로를 연인으로 인식하는 것도 아닙니다.

후배는 제게 20kg을 감량하면(저는 현재 100kg입니다) 결혼하겠다는 말을 수년째 입버릇처럼 하고 있는 상황입니다. 단순히 체중 감량이 조건이라 말하는 상태에서 우리가 해피엔딩을 맞이할 수 있을까요?

당신이 장난하듯 프러포즈를 하니 그녀도 장난하듯 되받아칠 수밖에요. 그녀가 당신에게 체중 감량을 권유하는 건, 그만큼의 결의를 보여준다면 당신이 나를 진지하게 생각하고 있다는 증거로 알겠다는 의미로 보이네요. 체중 감량보다 중요한 건, 반쪽짜리 농담 뒤에 더이상은 숨지 않는 일일 겁니다.

결혼 10년차, 사랑이 뭔지 알 수 없게 되어버렸습니다

결혼 10년차 주부이자 워킹맘이에요. 결혼 전 연애도 많이 해봤고, 이제는 남편도 있고, 사랑하는 아이들도 있어요.

생각해보면 저는 사랑하는 남자와 결혼한 것이 아니고, 이 정도면 괜찮다 싶은 사람을 만나 적당히 결혼을 했던 것 같아요. 내 인생의 반려자이자 내 아이의 아버지니까 사랑한다고 생각하고 살아온 시간이었죠.

하지만 그는 살면서 생기는 작은 간극들을 좁혀주지 않고, 내 의견은 전혀 들어주지도 않아요. 저는 이래저래 노력을 해보았지만, 결국 사람은 변하지 않는다는 것을 알게 되었어요. 그리고 찾아온 것은 '아, 나는 이 사람을 사랑하지 않는구나'라는 자각이었죠.

남들이 보기엔 큰 문제 없이 살고 있지만, 저는 이제 잘 모르겠습니다. 대체 사랑이란 뭘까요. 조건 없이 그 사람을 받아주는 것이 사랑일까요, 아니면 내가 원하는 것을 나에게 돌려주는 것이 사랑일까요.

당신의 편지를 읽고 왜 제 가슴이 이렇게도 먹먹한 걸까요. 대체 사랑이란 무엇이냐고 묻는 당신의 말에, 저도 모르게 마음속 한구석이 무너져버리는 느낌이었어요. 남들이 보기에는 큰 문제 없이 살고 있지만, 당신에게는 이것이 전혀 작은 문제가 아니라는 호소를 읽어버려서인지도 모르겠어요. 어쩌면 당신이 경험하고 있는 그 불행한 느낌을, 저도 언젠가 느껴보았기 때문일지도 모르죠.

아주 구체적으로 어떤 상황인지 알려주지 않으셨기에 저도 정확한 말씀은 드릴 수 없지만, 적어도 저는 두 분이 '내가 원하는 것이 무엇인지'에 대해 한 번도 속내를 터놓고 이야기한 적은 없다는 생각이 들었어요. 집을 키워가고, 돈을 저축하고, 아이를 낳고 기르는 것처럼 '무엇을 할지'에 대해서는 이야기를 나누지만, '내가 무엇을 원하는지'에 대해서는 이야기를 점점 덜 하게 되는 것이 결혼생활인 것 같지 않으세요? 취향과 기호와 꿈은 사라지고, 현실과 과제와 임무만이 일상을 잠식하게 되는 거죠.

그런 시간이 10년 동안 계속되었다면, 애초에 죽을 만큼 사랑했던 사이라도 더이상 예전의 감정을 느끼긴 어렵겠죠. 하물며 애초에 그런 느낌도 존재하지 않았던 사이였으니, 지금 이런 감정이 드는 건 어쩌면 당연한 일일지도 몰라요.

그리고 중요하게 드리고 싶은 이야기는, 멀어져버린 두 사람의 관계를 가깝게 만드는 것은 어느 한 사람의 노력만으로는 부족하다는 겁니다. 두 사람이 서로에게 관심을 기울이지 않아 멀어진 것인데, 어떻게 한 사람이 이 모든 상황을 바꿀 수 있겠어요. 당신은 편지글 속에서 '내 의견을 들어주지 않는다' '간극을 좁혀주지 않는다'고 말하고 있는데, 저는 이 표현들 속에서 "결국 변해야 하는 것은 그 사람이다"라고 말하고 있는 것이 아닐까 하는 추측을 조심스럽게나마 해보게 돼요. 변해야 하는 건 당신이 아니라 그 사람일 뿐이라는 생각을 하고 계신다면, 그건 틀린 생각이라고 말하고 싶어요. 누가 더 많이 잘못했든, 누가 먼저 잘못했든, 두 사람 모두 변화하겠다는 의지를 갖지 않는다면 관계는 근원적으로 변화를 맞이하기 어려울 테니까요.

기계적으로 한 가지씩 양보하고 거래하듯 관계를 조정하라는 것이 아니에요. 내가 노력하지 않으면 이 관계는 나아지지 않는다는 절박한 마음을 가진 두 사람이어야만, 오래된 패턴이 깨질 가능성이 겨우 생기는 것이죠. 서로에게 매너를 다하고 희망을 잃지 않는 두 사람이어야만, 변화가 찾아오는 법이라고 생각합니다. 그를 원망하는 마음이 편지글 속에 많이 묻어나서, 저는 과연 이 부분이 가능할지가 조금 걱정스러워요. 나름대로 나는 노력을 했다 정도에 머무르지 마시고, 당신도 그가 원하는 것을 적극적으로 이뤄주기 위해 노력할 필요가 있다고 생각해요.

마지막으로, 저는 사랑이란, 조건 없이 받아들이는 것이나 원하는 걸 그대로 돌려주는 것 둘 다 아니라고 생각해요. 당신은 지금 너무 주고받는 것에 대해서만 생각하고 있는 것 같기도 하고요. 제가 정의하는 사랑이란, 두 사람이 만든 세계 안에서 평화롭게 공존할 수 있도록 서로를 배려하는 일이에요. 그러기 위해선 일정하게 서로 공유하는 부분도 있어야 하고, 또 자유롭게 내버려두는 부분도 있어야 하죠. 공동의 목표도 있어야 하지만, 나만의 즐거움이란 것도 필요할 것이고요. 이런 균형감각이 없이, 뭘 주었네 뭘 받지 못했네 라며 계산기 튕기는 일만 반복한다면 서로 빈정 상하는 일 외에는 일어나지 않을 것 같아요. 결국 같은 시간이라 해도, 그것을 어떻게 바라볼 것인가의 문제인 셈이죠.

저는 결혼생활을 1년도 채 유지하지 못했던 사람이기에 10년 동안 결혼생활을 지속한 당신에게 이런 이야기를 드릴 자격이 없는지도 모르지만, 제 뼈아팠던 실패의 경험을 통해 당신의 마음속에 단 몇 개의 단어라도 남는다면 그것으로 저는 감사한 일이 될 것 같습니다.

무엇을 손에 쥐고 살면 좋을지
말하는 사람보다는

무엇을 마음에 남기고 죽고 싶은지
말하는 사람이 좋아.

제가 아이를 가져도 행복할 수 있을까요?

저는 폭력적인 아버지 밑에서 유년기를 보냈습니다. 주위 친척들에게 도움을 요청해보았지만 대부분 냉담하게 반응하면서 저를 투명인간 취급하기도 했죠. 이렇게 가족과 친척들에게 마음의 상처를 받은 제가 아이를 갖게 되면 예전에 아버지에게 당한 대로 폭력을 저지를까봐 벌써부터 걱정스럽습니다. 어떻게 하면 폭력의 고리를 끊을 수 있을까요?

싫어하면서 닮는다는 말이 있죠. '나는 저렇게 되지 말아야지'라고 생각하지만 결국 자기가 싫어하는 그 모습을 자기 안에 갖게 된다는 거죠. '적대자와의 동일시'라는 용어로 설명하기도 하고요.

하지만 그런 현상이 있다고 해서 당신이 꼭 그렇게 되는 건 아니에요. 당신이 어떻게 사는가의 문제는 확률이 아니라 그저 당신의 선택에 관한 문제로 봐야 하지 않을까요? 당신이 어려서부터 원치 않는 상처를 받았던 사람이기 때문에 당신의 아이에게 또 폭력을 행사하는 사람이 될 수도 있겠지만, 그 상처가 얼마나 아픈지를 아는 사람이기에 당신 대에서 그 폭력의 고리를 끊어내는 사람이 될 수도 있는 것 아닌가요? 결론은 열려 있고, 순간순간 당신의 선택이 남아 있을 뿐이죠.

당신은 '어떻게 하면 폭력의 고리를 끊을 수 있는지'를 고민하는 사람이기에, 저는 당신이 충분히 해낼 거라는 믿음을 갖게 되기도 하고요.

다만 당신은 분명히 쉽지 않은 순간을 맞이하게 될 거예요. 역시 난 어쩔 수 없나봐 하고 절망할 수도 있고, 정신을 차려보니 손이 올라가 있을 수도 있죠. 아직은 채 지워지지 않은 어린 시절의 상처가 문득문득 떠올라 당신을 괴롭힐지도 몰라요. **힘들었던 어린 시절의 자신을 충분히 위로하고, 마음속에서 떠나보내는 것이 중요해요. 그 아이는 위로받아 마땅한 존재이지만 당신과 영원히 함께 갈 수는 없는 거니까요.** 이 과정에서 전문가의 도움이 꼭 필요하고요. 더이상은 내가 무기력한 아이가 아니라 누군가의 삶을 좋게 바꿔줄 수 있는 힘있는 어른이라는 걸 제대로 받아들이고 나면 두려움을 많이 덜 수 있을 거라 생각해요. 누군가와 연애하고 결혼을 결심하는 것보다 그게 더 중요한 일이에요.

당신이 선택할 수 없었던 것들로 인해 생긴 마음의 상처를 부끄러워하지 마세요. 당신은 사랑받을 자격이 충분했지만 어른들이 잘못한 거잖아요. 애써 용서해주지도 말고, 애써 감추려 하지도 말고, 잘 위로하고, 잘 떠나보내주세요.

여자사람친구를 만나고 와서 거짓말을 합니다

남자친구에게 친한 여자사람친구가 있습니다. 하루는 "운동 다녀온다"는 톡을 마지막으로 연락이 두절됐는데, 그의 여사친 인스타그램에 제 남자친구랑 고기 먹고 있는 사진이 올라오더라고요. 남자친구에게 떠보듯 물었더니 끝까지 운동하고 왔다는 겁니다. 이런 일이 한두 번이 아니라 계속 반복되니까 '앞으로 이렇게 지내도 진짜 내가 행복할까?' 하는 생각이 들어요.

그냥 떠보는 것으로는 부족했어요. 그의 뒤를 밟은 것도 아니고 그의 휴대폰을 몰래 본 것도 아니니, 당신은 그녀가 직접 올린 사진을 근거로 왜 거짓말을 하는지 물어볼 필요가 있었어요. 더 집요하게 물어보지 못한 것은 아마 이러다 헤어지기라도 하면 어쩌나 하는 두려움 때문이었을까요?

하지만 저녁 시간에 다른 여자를 만났으면서 끝까지 아니라고 잡아떼는 그나, 거짓말이라는 확실한 증거가 있으면서도 '왜 진실하게 행동하지 않는지'에 대해 묻지 못하는 당신을 보면, 두 사람이 이 관계를 통해 성장하고 또 행복해지기는 어려울 것 같다는 생각이 드네요.

친밀감에 걸맞는 적당한 간섭을 하는 것, 쓸데없이 거짓말을 하지 않는 것은 건강한 연인관계를 유지하는 데 매우 중요한 조건이라는 걸 잊지 마세요. 그리고 스스로를 사랑하지 않는 사람에게는 자신을 정말로 사랑해줄 사람이 잘 나타나지 않는 법이라는 걸, 꼭 기억했으면 해요.

현명하게 화해하는 방법을 알려주세요

지금의 애인과 만나면서 가장 힘든 점 중 하나는 바로 싸운 후에 관계를 예전처럼 돌리는 일인 것 같습니다. 둘 다 성격이 불같은 편이라 싸울 땐 정말 화끈하게 싸워서요.
비 온 뒤에 땅이 굳는다고는 하지만 막상 싸우고 나면 한동안 힘들더라고요. 잘 화해하는 방법 좀 알려주세요.

화해할 때 필요한 건 세 가지예요.

　첫째, 어떤 점을 미처 생각하지 못했다며 나의 잘못을 담담하게 인정하기.
　둘째, 상대방의 이야기를 끝까지 성의 있게 듣기.
　셋째, 앞으로 이런 부분이 이렇게 바뀌면 좋겠다고 서로에게 기대하는 바를 친절하게 설명하기.

한 번도 오르가슴을 느껴본 적이 없습니다

남자친구와 관계를 가질 때 한 번도 제대로 느껴본 적이 없습니다. 그는 많이 흥분하는 것 같지만, 솔직히 저는 이렇다 할 쾌감도 느껴지지가 않아요. 몸이 조금 달아오르는 느낌을 받긴 하지만, 늘 그가 일방적으로 시작하고 일방적으로 끝내니 저는 미처 뭘 느낄 겨를이 없는 그런 상황이에요.

일방적으로 시작하고 일방적으로 끝낸다고요? 어떤 여자도 일방적으로 시작하고 일방적으로 끝내버리는 섹스에서 오르가슴을 느낄 수는 없어요. 그리고 그건 진짜 섹스가 아니라, 그가 사정에 이르기 위해서 그냥 당신의 몸을 이용하는 수준의 행위라고 생각하고요.

　당신이 그와의 섹스를 통해 오르가슴을 느끼기 위해서 가장 중요한 건, 내 몸이 어떻게 해야 기분이 점점 좋아지는지를 스스로 알고 있어야 하는 거예요. 좋은 파트너를 만나면 내 몸이 어떤 때 어떤 식으로 반응하는지 자연스럽게 파악하게 되지만, 당신의 남자친구처럼 나쁜 파트너를 만나면 내 몸이 어떻게 뜨거워지는지 전혀 알 수가 없죠. 당신이 전혀 감각도 없고 의사도 없는 사람 취급을 하고 있으니까요.

　하지만 꼭 타인과 섹스를 하지 않더라도, 그리고 파트너가 대단히 불성실한 사람이라도, 자신의 몸이 어떻게 오르가 슴으로 향하는지 알 수 있는 방법은 있어요. 바로 자위를 통해 자기 몸의 감각을 일깨워가는 것이죠. 머리부터 발끝까지, 내가 만질 수 없는 부위는 없잖아요.

당신의 파트너가 섹스에 대해 너무 무지해서 '내가 좋으면 너도 좋겠지'라고 미루어 짐작해버리는 사람이라면, 당신이 당신의 몸에 대해 설명하는 과정이 필요해요. 여자의 몸에 대해 무지한 남자와, 남자에게 자신의 몸을 설명할 수 없는 여자가 만나서 하는 섹스는 우울할 수밖에 없어요.

물론 오직 오르가슴만을 위해서 섹스하는 건 아닐 거예요. 때때로 그곳까지 이르지 못해도 그저 그 사람과 한 몸이 되어 있는 것만으로, 그 사람의 뜨거운 호흡을 마주하는 것만으로, 오르가슴이나 매한가지인 충만함을 느낄 수도 있으니까요. 그렇지만 상대방을 더 기분좋게 더 짜릿하게 만들어주려고 노력하지 않는 섹스는 너무 슬퍼요. 이토록 황홀한 몸의 대화를 양껏 즐길 수 없는 이유가 노력 부족이라는 건 절망적이고요.

지금까진 당신도 그도 노력이 부족했어요. 당신이 먼저 당신의 몸에 관심을 가질 때, 소위 '밝히는 여자'라는 편견 어린 말을 두려워하지 않게 될 때, 두 사람의 섹스는 완벽히 새로운 전기를 맞이하게 될 거예요.

싫다는데도 자꾸만 영상을 찍자고 해요

남자친구와 관계를 갖기 시작한 지는 세 달 정도 되어갑니다. 그런데 걱정이 있어요. 그가 저에게 자꾸만 관계를 갖는 동안 영상을 찍자고 하는 겁니다. 저는 싫다고 했죠. 하지만 그는 자기를 못 믿는 거냐며 오히려 저를 비난하고 지나치게 보수적인 여자로 몰아갑니다.
한번은 제가 많이 취한 날 관계를 하게 됐는데, 눈을 떠보니 그가 휴대폰을 들고 저를 찍고 있더라고요. 정색을 하고 지우라고는 했지만, 그후로는 관계 도중에 혹시 몰래 찍는 건 아닐까 의심도 됩니다.

맙소사. 관계 도중에 촬영하는 것이 싫다고 했는데도 당신의 동의 없이 촬영을 했다고요? 게다가 당신을 보수적인 여자로 몰아갔다고요? 그는 당신을 전혀 존중하지 않는군요. 당신의 권리보다 본인의 자유가 더 소중하다고 생각하고요. 그를 계속 만난다면 당신은 분명 더 큰 상처를 받게 될 거예요. 자기의 자유를 위해 타인의 권리가 침해되어도 좋다고 생각하는 사람에게 같이할 미래 같은 건 없습니다.

　　당신의 소중한 시간을 그런 사람과 공유하지 말아요. 그리고 헤어지기 전에 그 사람의 휴대폰과 컴퓨터, 외장하드는 꼭 체크하세요.

불어난 뱃살을 볼 때마다 잠자리하기가 두려워요

예전엔 그래도 날씬한 편이었는데 최근 1년 동안 야근을 많이 하면서 살이 좀 쪘어요. 문제는 그후로 제가 스스로에 대해 자신감을 많이 잃었다는 겁니다. 살이 찌고 나서부터는 관계를 가지려고 할 때마다 위축이 되고 부끄러워집니다. 그래서인지 그와 조금씩 멀어지는 기분도 들어요.

몸매 때문에 사랑받지 못할 것이다, 라는 생각을 하는 여성들을 정말 많이 보아왔어요. 실제로 자신의 몸을 그려보라고 이야기하면 대부분의 여성들이 훨씬 두껍고 크게 묘사한다고 하니, 날씬한 몸매에 대한 여성들의 강박은 깊고도 오래된 것이 아닐까 하는 생각도 들고요.

정작 남자들은 침대 위에서 여자의 몸매, 그러니까 배가 지난번보다 얼마나 더 나왔는지, 등뒤 쪽 살에 탄력이 얼마나 없어졌는지, 그렇게 신경쓰이지도 않고 보이지도 않는다던데 여자들만 너무 걱정하는 것 같기도 해요. 어쨌든 어떤 장면, 어떤 각도에서든 예뻐 보이고 싶어하는 마음과 자꾸 비껴가는 보디라인 때문에 섹스에 대한 흥미를 잃는 경우가 많으니 슬픈 일이죠.

임기응변 같은 대책은 있어요. 꼭 옷을 다 벗기보단 섹시

한 슬립을 입은 채 섹스를 하거나, 완전한 어둠 속에서 섹스를 해도 되죠. 당신의 몸을 그가 손으로 만지지 않고 오직 입술로만 자극하도록 한다면 당신은 조금 더 편하게 몸을 맡길 수 있을 거예요.

하지만 정말 중요한 건 이런 테크닉이 아니라 당신이 스스로의 몸에 대해 좀더 편안한 마음을 갖는 것이 아닐까요? 제아무리 날씬하고 군살 없는 몸매라 해도, 자기가 자기 몸을 별로라고 느끼면 소용이 없을 테니까요. 살을 빼는 것만큼이나 중요한 건 바로 당신이 당신의 몸을 받아들이는 방식 자체죠. 운동과 식이요법을 병행하되 편안하게 당신의 몸을 감싸주는 디자인의 옷을 입어보라고 권하고 싶어요. 옷에 몸을 맞추지 말고, 당신의 지금 모습도 예쁘게 만들어줄 수 있는 그런 옷들이요.

저도 조금만 살이 쪄도 갖고 있던 옷이 잘 맞지 않게 되고, 그러면 스트레스를 많이 받곤 해요. 그럴 땐 오히려 탄성 있는 소재의 랩드레스라든가, 좀 루스하지만 세련된 디자인의 질 좋은 셔츠를 사요. 살찐 나를 비판하는 게 아니라, 살쪘지만 그 자체로도 나쁘지 않다는 걸 스스로에게 이해시키는 거죠. 그리고 집에 있는 날엔 더운 나라에 여행 갔을 때 입었던 옷을 입고 하루를 보내요. 예를 들어, 몸빼나 헐렁한 원피스를 입고 지내보는 거죠. 불룩한 팔뚝과 조금 튀어나온 러브핸들에도 굴하지 않았던 것처럼요.

스스로를 너무 다그치지 마세요. 살 좀 쪘다고 해서 당신

이 다른 사람이 되는 것이 아니니까요. 당신은 당신을 더 아껴야 하고, 더 존중해야 해요. 설혹 그가 "어, 살 좀 붙었네?"라며 당신의 몸에 대해 이야기한다고 해도 "찔 수도 있지 뭐. 근데 어쩌라고?" 하면서 되받아칠 수 있어야 해요. 당신의 몸은 당신의 것이니, 누가 함부로 재단하고 비난하면 안 된다는 것을 주장할 수 있어야 해요. 그럴 수 있게 되면, 당신의 몸무게가 몇이든 당신은 편안해질 수 있어요.

만날 때마다 싸우는 우리, 이제 끝내야 할까요?

남자친구와는 2년 동안 참 많이도 싸웠습니다. 싸울 때마다 서로를 좀더 이해해보자는 말로 마무리를 짓긴 하지만 그때뿐입니다. 서로를 탓하는 식의 대화 방식이 계속되니 싸울 때마다 자존감도 떨어지고, 남자친구의 이야기를 듣다보면 전 그저 이기적이고 연애도 서툰 구제불능으로 느껴집니다.

몇 번이고 헤어지려고 해봤지만 그것도 쉽지 않더라고요. 저는 그가 저를 좀더 넓은 마음으로 이해하고 포용해주는 사람이었으면 좋겠는데, 그는 원래 성격이라 어쩔 수 없다며 괴로워하네요.

싸우는 것 그 자체는 나쁘지 않다고 생각해요. 서로에게 기대하는 바가 있고, 상대방이 다 내 맘 같진 않으니 서운함도 생기고 그러다보면 싸울 수 있죠. 하지만 저는 싸울 때 싸우더라도 이 두 가지는 중요하다고 생각하는데요. 하나는 싸웠으면 그를 통해 서로에 대한 이해가 더 깊어져야 한다는 것, 그리고 싸운 후에 서로를 다독여주는 과정이 꼭 필요하다는 것이에요. 그렇지 않으면 싸움은 서로에 대한 상처만 깊어지게 하고, 두 사람이 멀어지는 이유밖엔 되지 못할 테니까요.

하하호호 행복하기만을 바라서 시작한 관계라도 창과 칼 같은 말을 주고받다보면 당연히 내상이 생기겠죠. 다만 나를 이기적이고 구제불능인 것처럼 표현하는 그의 말에 대해서는 단호하게 "나는 네가 그런 식으로 말하는 것이 너무 힘들어, 그렇게 말하지 않았으면 좋겠어"라고 이야기를 해야 합니다. 당신이 잘못을 한 경우라 해도, 비판을 당해 마땅한 경우라 해도, 넘지 말아야 할 표현의 선이란 것이 분명 존재하니까요.

사람의 성격은 쉽게 바뀌지 않습니다. 호스피스로 일해본 분들의 경험담을 읽은 적이 있는데요, 설사 죽음을 앞둔 경우라 해도 성격은 잘 바뀌지 않는다고 해요. 싸울 때 유독 당신에게 상처가 되는 말을 던지는 그의 패턴이 쉽게 바뀌진 않을 테죠. 하지만 당신의 자존감이 훼손되지 않도록 당신을 지켜야 해요. 싸움이 시작되었을 때 바로 공격 태세로 들어가기 전에, "잠깐 한 시간만 우리 따로 시간을 갖자"고 휴전을 선언해보세요. 상대를 공격해야 내가 살아남는다는 생각 때문에 말에 가시가 돋치는 부분이 분명히 있으니까요.

저는 싸움이 커질 것 같을 땐 혼자 밖에 나가서 한 시간쯤 산책을 하는데, 분명히 한 시간 전보다는 감정이 수그러들더라고요. 그리고 그후에 차분히 대화를 시도해도 당신에게 험한 말을 한다면 "지금 그렇게 말한 건 사과받고 싶다"고 또렷이 이야기하세요.

불안한 미래가 현실의 사랑을 초라하게 만들어요

삼십대 후반의 싱글 여성입니다. 저는 직장도 확실하지 않고, 모아 둔 돈도 없어요. 앞으로 사랑하는 사람을 어떻게 만나겠나 하는 생각이 들고 자신도 없습니다. 지금 마음에 드는 남자가 있긴 하지만, 적극적으로 다가갈지 그냥 마음을 접을지조차 고민이 됩니다.

스스로 자신의 처지를 비관하고 있는 사람의 선택은 위험하기 짝이 없는 것이 되기 쉽습니다. 자신의 모습을 '벗어나야만 하는 어떤 것'으로 인식하고 있기 때문에, 어떤 선택을 하든 지금보다는 나은 것처럼 여겨지니까요. 어떤 선택을 하든 그 안에는 위험 요소가 있는 법인데, 지금의 상황을 비관적으로 보고 있으니 다른 사람들 눈에는 뻔히 보이는 위험 요소를 볼 수 없게 되죠.

직장이 확실하지 않고 삼십대 후반에 모아둔 돈이 변변히 없는 것 자체는 사실 큰 문제가 아닐 수도 있어요. 게다가 요즘처럼 취업이 어렵고, 실직하기는 쉽고, 불황이 이어지는 상황에선 금수저를 물고 태어난 사람이 아닌 이상 누구라도 불안함을 느끼면서 살아갈걸요. 아무리 치열한 경쟁을 뚫고 들어간 회사라 해도 별안간 권고사직을 당하기도 하고, 애지중지하던 재산이 순식간에 증발할 수도 있는 거죠. 그리고 돈이라는 게 참 그래요. 1억만 모으면 여한이 없을 것 같았는데, 정작 1억을 모으면 2억 정도는 있어야 할 것 같죠. 5억이 있으면 좋겠다 생각해서 결국 5억을 모으면, 10억은 언제 모이나 하고 궁리를 시작하게 되고요. 직장이나 가진 돈의 액수가 절대적인 마음의 안정이나 행복을 보장해주지 않는다는 걸, 당신도 아마 알고 있을 거라고 생각해요.

저는 당신이 경제적 사회적 상황에 대해 갖고 있는 고민과 연애에 대해 갖고 있는 고민을 뭉뚱그려 생각하고 있는 것이 가장 마음에 걸려요. 돈이 없어 고민이고, 직장이 불확실해 고민이라면, '어떻게 하면 좀더 안정적인 직장을 갈 수 있을까' '지금부터라도 어떻게 돈을 모을 수 있을까'로 연장되어야 하잖아요. 돈과 직장이라는 현실적인 조건에 대한 고민이 바로 '어떻게 사람을 만나지'라는 고민으로 연결되는 그 지점에, 당신으로 하여금 위험한 선택을 하게 만드는 조바심이라는 요소가 존재하고 있는 것 같네요. 돈도 없고 직장도 변변치 않은 스스로에 대한 자책과 불안이, 이 상태에서 구원해줄 누군가를 자꾸만 꿈꾸게 만드는 거죠.

하지만 냉정하게 생각해보세요. 당신이 구원받았다고 느끼는 관계 속에서, 당신은 스스로가 원하는 무언가를 제대로 표현할 수 있을까요? 이건 아니다 싶을 때 제대로 항의하거나 의견을 주장할 수 있을까요? 내가 내 삶을 제대로 책임지고 있다는 자존감, 나는 내 역할을 잘해내고 있다는 자기 효능감이 사라진 상태에서는 자신에게 맞는 사람을 찾아내기도 어렵지만, 설사 좋은 사람을 만난다 해도 마음 편히 사귈 수 없게 되죠. 그저 또다른 조바심과 불안의 세계로 가는 것일뿐.

누군가에게 다가서서 관계를 맺을지 말지의 문제보다, 내가 나와의 관계를 잘 맺는 것이 중요해요. 더 좋은 직장을 갖고, 돈을 하루빨리 모으시라고 말씀드리는 것이 아닙니다. 돈이 얼마가 있든, 어떤 일을 하고 있든, 내가 나를 비하하지 않는 것이 더 중요하죠. 내가 나를 초라하다고 생각하는데, 어떻게 남이 나를 좋은 사람으로 인식할 수 있겠어요? 그건 동화 속 신데렐라에게나 일어나는 일이지, 지금 우리에게 일어날 일이 아니에요.

먼저 현실적인 문제들을 해결할지, 조바심과 불안을 버리고 하루살이 마인드로라도 씩씩하게 살아갈지를 선택하셨으면 좋겠어요. 연애나 결혼은 그다음이에요. 혼자서 행복한 사람이, 둘이서도 행복할 수 있다는 말은 진리랍니다.

그녀와 헤어지고 저에게 온다는 그를 믿어도 될까요?

저는 현재 여자친구가 있는 남자와 비밀연애중이에요. 사람들이 알면 저를 나쁜 년이라고 욕하겠죠? 하지만 저는 웃는 법도 사람들과 어울리는 법도 몰랐지만, 이 남자를 알고 나서부터 완전히 다른 모습으로 변해갔죠. 그의 여자친구를 생각하면 죄책감도 들고 서운함도 느꼈지만, 그렇게 몰래 만난 지도 곧 1년이 되어갑니다. 그가 처음 만날 때 저에게 했던 말은 "딱 1년만 기다려달라, 그럼 네 옆에 가겠다, 네가 나의 마지막 여자가 되었으면 좋겠다"였습니다.
한편으론 거짓말 같기도 하고 한편으론 믿고 싶다는 기대감도 있습니다. 우린 잘될 수 있을까요? 저는 기다려도 될까요?

어쩔 수 없이 잠시 동안 양다리는 할 수도 있다고 생각해요. 연애를 의리만으로 할 수는 없는 거니까요. 하지만 여자친구에게 1년씩 양다리를 걸칠 수 있는 사람이라면, 그 사람에겐 최소한 인간으로서의 매너조차 없는 거죠. 곁에 둘 단 한 사람조차 선택하지 못해 당신을 '나쁜 년'으로 자각하게 만든 그 사람에게 어떻게 진실한 관계를 기대할 수 있을까요? 그가 당신에게 올 가능성도 거의 없어 보이지만 설사 당신에게 온다 해도 그 사람이 당신만 만날지 저는 전혀 확신할 수가 없네요.

헤어지자고 말하기가 왜 이렇게 힘들죠?

저는 일단 연애를 시작하면, 헤어지고 싶어도 절대 먼저 헤어지자는 말을 못합니다. 그래서 항상 끝을 맺을 땐 너무 힘들고 지치고, 자존감은 바닥을 칩니다. 저는 왜 이렇게 이별이 힘든 걸까요? 현명한 이별의 방법이 알고 싶습니다.

헤어진 뒤에 느끼는 공포 때문에 이러지도 저러지도 못하는 거네요. 그런데 어쩌죠. 원래 이별은 아픈 거예요. 만약 헤어졌는데 별로 아프지가 않다면 그건 둘 중 하나일 거예요. 내가 그 사람을 별로 소중하게 생각하지 않았는데도 만났거나, 그 사람에게 진짜 더 해줄 것이 없을 만큼 완벽히 올인했기 때문에 조금의 미련도 남지 않았거나요.

전 이별을 하고 나서 많이 아파서 며칠이고 눈물을 흘렸던 적도 있고, 그저 속이 시원하다며 해방감을 느꼈던 적도 있었는데, 지금 생각해보면 어떤 식으로 이별을 했든 그 안에는 그럴 만한 이유가 있었던 것 같아요. 내가 헤어지자고 했든 헤어짐을 당했든, 헤어지는 쪽으로 갈 수밖에 없었던 이유들이요. 내가 못나서 벌어진 이별이라면 내 맘을 고쳐먹게 되고, 그가 잘못해서 벌어진 이별이라면 '이런 사람을 만나지 말아야겠다'는 학습을 하게 되는 거죠.

어떻게 해서든 헤어지지 않겠다고 다짐했지만 결국 받아들일 수밖에 없는 눈앞의 이별을 인정하는 순간이야말로, 우리가 체념을 배우는 중요한 때예요. 처음엔 그저 아파 죽겠다고 생각하지만 조금 시간이 지나면 이별의 의미를 알게 되고 또 그 의미를 곱씹으면서 우리는 털끝만큼이라도 내면의 성장을 하게 된다고 저는 믿고 있어요.

마음이 아프고, 자존감 상하는 느낌이 들고, 너무 힘든 자신을 원망하지 말아요. 헤어지는 건 분명 속상한 일이지만, 그렇다고 해서 잘못 살고 있는 건 아니잖아요. 그렇게 괴로운데도 잘 이겨낸 당신을 칭찬해주세요. 헤어졌지만 어쨌든 버텨낸 당신을 기쁘게 여기세요. 그렇게 시간이 쌓여가다보면 아픔을 인정하고 받아들이는 당신을 발견할 수 있을 겁니다.

동거를 할까 말까 고민중입니다

남자친구와는 대학 졸업반 때부터 사귀어온 사이입니다. 지금은 둘 다 사회생활을 하다보니, 자주 만날 시간도 없고 월세도 아낄 겸 같이 사는 것이 어떨까 하는 이야기가 나오고 있는 중입니다. 물론 매일 볼 수도 있고 생활비도 아끼는 건 좋은 점이겠죠. 하지만 아직 딱히 결혼 약속도 하지 않은 상태에서 이런 식으로 같이 살아도 되는지 판단이 잘 서질 않네요.

저는 두 사람이 결혼해서 잘 살 수 있는지를 가늠하기에 동거는 굉장히 합리적인 방법이라고 생각해요. 연애와 결혼의 중간 지점에서, 함께 공간과 시간을 더 많이 공유하며 서로를 알아가는 방법이니까요. 실제로 당신이 생각하는 것처럼 데이트를 더 많이 할 수 있고, 경제적인 이점이 생기는 것도 무시할 수 없는 장점이기도 할 테죠.

하지만 언제나 장점과 단점은 하나의 패키지죠. 장점만 쏙 골라먹고 단점은 감당하지 않아도 되는 일 같은 건 없어요. 당신이 생각하는 장점만큼이나 단점도 분명히 있겠죠. 자신만의 공간이 사라질 수도 있고 생활비나 집안일, 자잘한 생활습관 때문에 더 많이 싸우고 더 빨리 실망할 수도 있으니까요. 서로에 대한 구속력이 결혼보다는 약할 수밖에 없으니 마음이 굳건하게 지속되지 않는 이상 작은 갈등에도 둘의 관계는 깨어질 수 있다는 점도 불안한 요소죠. 또한 여성의 성적 경험에 대해 관대하지 않은 한국사회에서 동거를 했다는 사실이 제삼자에게 알려지는 순간, 어떤 식으로 당신에게 불이익이 생겨날지도 알 수 없는 일이고요.

저는 동거란 그 장단점을 모두 고려해, 최악의 어떤 것이라도 감당할 용기가 있는 사람들만이 고를 수 있는 선택지라고 생각해요. 적어도 지금의 한국사회에선 그렇죠. 많은 단점과 걱정이 있지만 그럼에도 불구하고 함께 시간과 공간을 나누고 싶은 사람들이라면 기꺼이 선택하는 삶의 한 형식이요. 결혼제도 안에 들어간다고 해서 영원한 사랑이 담보되는 것도 아니고, 평생 동거를 한다고 해서 그 사랑이 결코 가벼운 것도 아니니까요.

만약 제가 그런 상황이라면, 그 사람이 그럴 만한 가치가 있는 사람인지 내 마음에게 물어볼 거예요. 세상의 시선이나 월세를 아낄 수 있다는 점 같은 것을 고려 기준으로 삼지 않고, 오직 그 사람이 그럴 만한 사람인지만 생각할 것 같아요. 많은 단점이 있을지라도 그 사람과 나눌 장점들을 생각했을 때 기꺼이 감당할 만하다고 생각하면, 두렵지 않을 겁니다. 어차피 내 인생은 나의 것이고, 나를 비난하고 싶은 사람들을 위해 살 필요는 없으니까요.

그는 솔로몬 병에 걸렸습니다

남자친구와 대화하다보면 정말 화가 납니다. 절대 제 편을 들어주지 않기 때문이에요. 한번은 주말근무를 해야 한다고 투정을 부렸더니 "모두가 다 같이 고생하는 건데 그런 일로 투정부리는 건 프로가 아니지"라고 합니다. "그냥 힘들겠다 하고 위로해주면 안돼?"라고 했더니 화를 내는 제가 너무 감정적이라나요.

제가 어떤 일로 투정을 부려도 받아주는 일이 없고, 저도 이미 아는 이야기를 꼭 정곡을 찌르며 하는 이 남자. 이제는 나를 정말 사랑하기는 하는 건지 의심이 듭니다.

당신이 투정을 부릴 때만 그렇게 행동하나요? 아니면 투정을 부리지 않고 그저 편안하게 이야기를 하는데도 꼭 가르치듯 짚어주려고 하는 편인가요?

전자라면, 당신이 맘 편하게 서로 투정부릴 친구를 따로 두는 것이 좋을 것 같고(남자친구가 당신의 투정을 전부 감당해야만 하는 사람은 아니니까요), 후자라면 그가 당신을 대하는 태도 자체에 문제가 있다고 보이기에 이 관계 자체에 대해 다시 한번 생각을 해볼 필요가 있겠습니다.

동경과 사랑의 차이가 뭘까요?

제가 첫사랑이라고 느꼈던 사람에 대해, 사람들은 그건 그저 동경
이었을 거라고 이야기하네요. 누군가를 동경하는 것과 사랑하는
것은 어떻게 다른지 궁금합니다.

동경은 뛰어들지는 못한 채 그저 멀리서 바라보는 것.
사랑은 그 사람 안으로 뛰어들어 녹을 준비가 된 것!

평소의 이상형과는 전혀 다른 타입에게 끌려요

평소 나이들어서도 친구처럼 함께 수다떨 수 있는 다정다감한 남자를 만나야겠다고 생각은 하면서도, 막상 상반된 타입의 남자에게 자꾸 마음이 끌려요. 그런 사람과는 내가 원하는 친밀감을 쌓기 어렵다는 걸 이미 경험해보았으면서, 그래도 끌리는 건 어쩔 수 없는 것 같아요.

이젠 좀 편안한 남자를 만나서 결혼까지 하고 싶은데 정작 현실에선 저보다 열한 살이나 많은 회사 상사에게 마음이 흔들립니다. 카리스마 넘치는 모습 때문에 제대로 말도 못 붙이면서 말이죠. 도대체 제 맘은 뭘까요?

머리가 원하는 것과 마음이 원하는 것이 제각각이네요. 마음이 만족하면 머리가 불안하고, 머리가 만족하면 마음이 발동하지 않고요. 이 상태로는 어느 쪽을 택해도 늘 채워지지 않는 뭔가가 있을 거예요.

사실 지금의 진짜 속마음은, '안정적으로 만날 따뜻한 남자를 원하지만 카리스마 넘치는 차가운 남자가 그런 역할까지 해준다면 최고일 거야'가 아닌가 싶어요. 당신을 빠져들게 할 만한 요소가 있는 남자가, 당신이 원하는 최종 역할까지 해주길 바라는 거죠.

사람은 이런 타입 저런 타입으로 나눌 수 없는 복잡한 존재인데, '카리스마 넘치는 타입이니 친밀감은 쌓기 어려울 거야'라고 단정할 필요가 있을까요? 사람을 몇 가지 타입으로 단순하게 구분할 수 있다고 자신하는 그 태도가 어쩌면 당신의 마음을 더 복잡하게 만들고 있는 건 아닐까요? 카리스마 넘치는 남자를 천 명 정도 만나본 것도 아니잖아요. 당신이 매혹되지도 않는 남자와 쌓을 친밀감보다는, 매혹된 남자에게 친밀감을 느낄 수 있을 때까지 잘 만나보는 것이 낫지 않나요?

몇 가지 모습을 통해 상대방을 정형화하기보다는, 용기있게 다가가 나를 보여주려는 당당함이 지금 가장 필요한 모습인 듯합니다.

사귀어도 괜찮은 사람인지 아닌지 어떻게 알죠?

저는 연애를 시작하기로 쉽게 결정하는 사람들을 보면 좀 신기해요. 그 사람을 전부 다 알지도 못하는데 어떻게 내 곁에 두기로 결정하는 건지 그 용기랄까, 그런 부분이 참 놀랍거든요.

그래서일까요. 저는 누구에게 고백해본 적도 없고 또 누군가 저에게 고백을 해와도 마음을 잘 열지 못하는 편입니다. 사귀어도 좋은 남자인지 쉽게 분간할 수 있는 방법이 있나요?

너무 금방 사랑에 빠져서 고민인 사람들이 있다면, 또 한편에는 당신처럼 마음을 여는 일이 힘든 사람들도 있죠. 저는 두 가지 태도 모두, 자기 자신을 아끼기 때문에 생겨나는 것이라고 생각해요. 누군가 곁에 있어야 더 행복할 것 같기 때문에 금방 사랑에 빠지기도 하는 것이고, 또 누군가를 곁에 두는 것이 지금보다 불행해질 수도 있다는 생각 때문에 쉽게 결정하지 못하기도 하는 것이니까요. 그러니 마음을 쉽게 열 수 없는 편이라고 해서, 그게 비정상적이라고 생각하지는 말았으면 좋겠어요. 당신은 그저 행복하고 안전하길 바라는 것뿐이니까요.

　　다만 연애라는 것에 대해 조금은 생각을 열어두는 것이 어떨까 해요. 어떤 사람을 속속들이 다 알고 나서 시작해야 하는 것이 연애일 수도 있지만 작은 감정이 생겨난 어떤 사람을 더 깊이 알아가는 과정일 수도 있는 거죠. 결혼해서 사는 사람들도 이야기하잖아요? 살을 맞대고 살아도 그 사람을 전부 알 수 없다고요. 상대방을 모조리 다 파악하겠다는 욕구는, 영원히 풀리지 않는 숙제가 될지도 모르죠.

'사귀어도 좋은 남자'라는 절대적 조건 같은 건 세상에 없어요. 다만 당신이 인간 대 인간으로서 기대하는 중요한 요소들을 그가 갖고 있는지에 대해서만큼은 제대로 따져봐야 하죠. 이를테면 힘들 때 남을 비난하기보단 자신을 돌아보는 사람인지, 자신보다 약자인 사람에게도 매너를 지키는 사람인지, 남을 위해서도 분노할 줄 아는 사람인지…… 이런 부분들요. 적어도 이런 부분에 대해서 좋은 평가를 내릴 만한 사람이라면 당신과 사귀는 도중에 아무리 최악의 상황이 오더라도 당신을 절망에 빠지게는 하지 않을 테니까요.

저는 좋을 때 좋은 사람보다, 나쁠 때 최악이 아닌 사람을 고르는 것이 중요한 기준인 사람이라서 이런 부분들을 고려하게 되네요. 당신의 기준은 무엇이 되면 좋을까요? '나는 어떤 사람과 내 시간을 공유하기 원하는가' '최소한 어떤 사람이 아니어야 하는가'에 대해서 시간을 들여 고민해보세요.

결혼할 상대를 정할 때 가장 중요한 요건은 무엇일까요?

나이가 들면서 누군가를 만날 때면 그 사람과의 '결혼'을 먼저 생각하게 됩니다. 그러다보니 연애만 할 때랑 또 다르게 자꾸 이 사람은 이래서 별로고, 저 사람은 저래서 안 될 것 같고…… 단점들만 먼저 눈에 들어오더라고요. 저는 생활력(처자식 굶기지 않을!)과 충성도(바람 안 피우는!)가 결혼생활에서 제일 중요하다고 생각하면서도, 막상 다른 것들도 자꾸 눈에 들어오네요. 물론 능력 좋고 잘생기고 다정하고 집안까지 좋다면야 고민할 필요도 없겠지만, 어디 세상에 그렇게 완벽한 사람이 있나요?

결혼할 때 반드시, 누구나 꼭 따져봐야 할 것이 있다면 무엇일까요?

제가 아는 한 선배는 아주 오래전 저에게 그런 이야기를 해주었어요. "내 눈에 몸이 멋져 보이는 사람을 결혼 상대자로 선택하는 건 중요한 일 같아. 결혼하고 나서 간혹 싸우더라도 내가 아주 멋지다고 생각하는 그 길쭉하고 멋진 몸이 옆에 이렇게 돌아다니면 그것만으로 마음이 안정되곤 하더라고." 또 한 친구는 이렇게 이야기해주었죠. "솔직히 내 남편 외모는 정말 별로야. 정말 지금 봐도 못생겼어. 하지만 그래도 정붙이고 서로 열심히 살다보니 이젠 확실히 사랑하긴 하는 것 같아"라고요. 결혼 상대자의 외모라는 것에 대해 두 사람은 서로 완전히 다른 이야기를 합니다. 이것 하나만 봐도 우리들 각자가 인생의 반려자에 대해 얼마나 다양하고 복잡한 조건을 기대하는지 짐작할 수 있을 거예요.

확실한 것은 당신이 원하는 장점의 조합으로만 이루어진 그런 사람은 세상에 존재하지 않는다는 것, 단점을 찾아내려고 눈에 불을 켠 사람에게는 좋은 사람이 다가왔다가도 그 옆에서 오래 머물지 않는다는 것일 겁니다.

반드시 누구나 따져보아야 할 기준 같은 것을 찾는 일만큼 부질없는 일도 없다고 생각해요. 당신이 인생에서 중요하게 생각하는 가치, 이것이 없으면 결코 행복할 수 없는 부분이 무엇인지 생각해보세요. 그 부분에 대한 생각이 일치하고 당신이 원하는 것을 공유할 수 있는 남자를 찾는 과제만이 남아있을 뿐입니다.

남자친구가 자꾸 제게 돈을 빌려달라고 합니다

저는 회사원이고 남자친구는 아직 공무원 시험 준비를 하고 있어요. 그래서 데이트할 때 제가 좀더 많은 비용을 부담하고 있죠.

사실 누가 돈을 더 내든 크게 신경쓰지 않았는데, 얼마 전부터 남자친구가 자꾸만 돈을 빌려달라고 하는 거예요. 처음에는 어쩔 줄 몰라 하는 기색이라도 보이더니 이제는 너무나 당연하다는 듯이 빌려요. 액수도 커지고 횟수도 점점 늘어나고 말이죠. 지금까지는 남자친구가 자존심 상할까봐 싫다는 말도 못하고 기꺼이 빌려줬는데, 슬슬 이건 좀 아닌 것 같다는 생각이 들어요.

남자친구 사정을 뻔히 알면서 이런 생각을 하는 제가 나쁜 건가요? 아니면 앞으로는 그냥 거절하는 게 맞을까요? 그의 자존심이 다치지 않게 거절하려면 어떻게 해야 할까요?

돈을 빌려주고 받는 관계라는 것이 그 자체만으로 썩 편하지 않은 건 어쩔 수 없어요. 빌려준 사람은 빌려준 돈이 자꾸만 생각나고, 받은 사람은 그 사람대로 불편한 부분이 생겨날 테니까요. 그래서 소중한 사람과는 아예 돈거래를 하지 않는다는 사람도 많아요. 저 역시 그냥 주면 줬지, 가족이나 친한 친구, 사랑하는 사람에게 돈을 빌려주지 않는 걸 원칙으로 하고 있습니다.

남자친구의 빤한 사정을 알면서 돈을 빌려주지 않으면 나쁜 여자가 되는 것 같아 걱정되세요? 두 사람의 관계가 편하고 거리낌없어지는 것이 중요한가요, 아니면 속을 끓여가면서도 착한 여자가 되어 분위기를 거스르지 않는 게 중요한가요?

입을 떼는 일은 쉽지 않겠지만 이 관계를 지키기 위해서라도 이야기를 꺼내긴 해야겠네요. 구차한 설명이나 거짓말 필요 없이, "우리 관계를 위해서라도 더이상은 마음이 불편해도 좀 힘들 것 같아. 이해해줘"라고 간단하게요. 그가 최소한 돈보다 당신과의 관계가 소중하다고 생각한다면, 당신을 비난하거나 계속 돈을 빌려달라고는 하지 못할 겁니다.

눈치 없는 예비신랑, 결혼 이후가 더 걱정이에요

결혼 준비 과정에서 알게 된 건데, 제 남자친구 눈치가 빵점이더라고요. 특히 시어머니 되실 분과 제 사이에서 오히려 불화를 촉진하고 있는 것만 같아서 앞날이 캄캄합니다. 예단비 보내드리고 나서 "예단비 잘 받으셨대?"라고 물어봤더니 "엄마가 남는 것도 없다고 혼잣말하시더라"라고 하는 식이죠. 보통 이럴 땐 남자가 알아서 걸러 전달한다는데, 그런 눈치가 전혀 없는 사람인 거죠. 사사건건 이런 식이어서 결혼 이후가 더 걱정입니다.

결혼 후에 일어나는 숱한 가정 대소사를 처리할 때 남편의 센스 넘치는 행동은 참으로 중요하다고 많은 여자들이 입을 모아 이야기하죠. 물론 그가 중재자 역할을 잘하면 결혼생활에도 긍정적이겠지만, 사소한 것 하나까지 다 내가 바라는 대로 해주길 기대할 수는 없어요.

그런데 며느리로서 욕먹지 않고 이런저런 일들을 처리하는 것보다 중요한 건, 두 사람이 남편과 아내로서 서로를 비난하거나 사소한 일로 다투지 않고 유연하게 배려하는 일이 아닐까요? 처음부터 센스 넘치게 당신이 원하는 대로 행동해주었다면 더 좋았겠지만 그렇지 못했다고 해서 "왜 이런 식으로 행동해?" "당신은 왜 이렇게 눈치가 없어?"라고 비난한다면 매사에 싸움이 이어지고 두 사람 사이 감정의 골이 먼저 깊어지고 말 겁니다.

그리고 "엄마가 남는 것도 없다고 혼잣말하시더라"는 말을 남자친구가 곧이곧대로 한 건 어쩌면 한 단계 걸러 전하는 것보다 액면가 그대로 전하는 것이 혹시 생겨날지도 모를 문제에 대처하기에 더 나은 방식이라고 생각했기 때문일 수 있어요. 차라리 곧이곧대로 전하는 것이 당신을 지켜주는 일이라고 생각했을 가능성이 있다는 겁니다. 당신과 그는 '센스있는 행동'이나 '위기 대처 방법' '적절한 정보의 공개 수준'에 대해 생각이 다를 뿐, 당신은 매사에 센스가 넘치고 그는 매사에 생각이 없는 것은 아닐 수도 있어요.

"난 이런 상황일 때 한번 걸러서 전달해주는 게 더 좋을 것 같다고 생각하는데 당신은 어때? 솔직히 결혼 후에 이런 부분들이 걱정되는데 당신 생각이 궁금해"라며 차분하게 이야기를 시작해보세요. 두 사람의 생각이 다른 것인지, 한 사람의 생각이 옳고 다른 한쪽이 틀린 것인지는 대화를 하다보면 알 수 있으리라 생각합니다.

종교가 다른 사람과의 결혼, 다시 생각해봐야 할까요?

결혼을 생각하며 만나고 있는 사람이 성실한 불교신자입니다. 저는 집안 전체가 오랫동안 독실한 기독교이고요. 서로 사랑하고 배려하며 지금까지 잘 만나왔기 때문에 이 부분에 대해서도 대화로 잘 해결할 수 있지 않을까 생각하는데, 주변에서는 모두 걱정부터 하네요.

종교 문제는 당사자들이 아니면 쉽게 건드리기도 어렵고 이해하기도 난감한 그런 부분이라고 생각해요. 종교란 신념에 대한 부분이기 때문에 그렇죠. 죽을 때까지 가져가고자 하는 신념이라는 것과 관련해, 일생을 함께하려고 하는 상대와 입장 차이가 극명하다면 당연히 까다로운 문제가 될 수밖에 없을 거예요.

하지만 확실한 건 종교에 대해서만큼은 "사랑한다면 네가 나에게 맞춰줘"라는 말을 하는 것이 대단히 상식 밖의 일이 된다는 겁니다. 종교에 대한 자유는 헌법에서조차 보장한 인간의 기본권이기에 그렇고, 한 인간의 가치관과 미래관에도 영향을 끼치는 신념이어서 그렇습니다.

지금의 상태가 바뀔 거라는 기대를 하기보다는 한번 상상을 해보세요. 일요일마다 그는 절에 가고, 당신은 교회에 가도 괜찮을지를. 명절 혹은 기일 때마다 추도 예배 대신 제사 상 차리는 일을 기꺼이 할 것인지 아니면 제사 자체를 모두 폐 지하는 것으로 합의할 수 있는지를. 아이를 낳는다면 그 아이 를 목사님께 세례를 받게 할지 어린이 법회에 데려갈지에 대 해 두 사람이 평화롭게 의견의 합일을 볼 수 있는지 충분히 구체적으로 상상하고 고민을 마쳐봤으면 해요.

인생관이 맞는 사람과 함께 좋은 파트너로 살아가는 것 이 결혼의 함의 중 하나라면, 종교가 다르다는 것은 분명히 위기를 불러올 수 있는 조건입니다. 구체적인 상황들을 놓고 상상해보았을 때조차 타협이 잘되지 않는다면, 그건 처음부 터 다시 생각해보아야 하는 일이 맞겠죠.

남자친구뿐인 인간관계, 어떻게 바꿔나가야 할까요?

지난 3년 동안 연애를 해왔습니다. 솔직히 남자친구와의 연애에는 큰 문제가 없습니다. 함께 있으면 정말 좋아요.

하지만 문득 돌아보니 남자친구 말고는 저에게 남아 있는 사람이 없다는 생각이 듭니다. 인간관계라는 게 특정한 노력을 기울이지 않으면 자연스럽게 멀어지는 법이라는 걸 미처 깨닫지 못했나봐요. 이러다 남자친구와 헤어지기라도 하면 어쩌나 하는 걱정도 자주 합니다.

삶에서 균형을 꾀한다는 건 참 쉽지 않죠. 한 가지에 쏠린 채 살아가는 일이 되레 쉽고요. 연애라는 달콤하고 짜릿한 관계에 올인하다보니 문득 남자친구 이외의 다른 관계가 다 증발해버린 듯한 느낌 때문에 허탈함과 아쉬움이 느껴지셨군요.

물론 남자친구처럼 다른 인간관계도 잘 유지해왔다면 좋았을 거예요. 하지만 스스로를 너무 자책할 필요는 없어요. 사랑하는 사람에게 푹 빠져서 지낸 3년이라는 시간도 다시 돌아오지 않을 열정적인 기억일 테니까요. 많은 자기계발서들에서 인맥의 중요성에 대해 이야기하지만 모든 사람이 그렇게 살아야 하는 건 아니죠. 몇 명을 만나든 어떻게 만나든 자신이 충만하고 행복하다고 생각하면 그걸로 된 거죠. 그러니 너무 자책하지 말아요.

남자친구와 보내는 시간도 꽤 괜찮지만 지금보다 다양한 인간관계가 있었으면 좋겠다고 생각하나요? 제일 첫 시작은 **당신이 좋아하고 해보고 싶었던 취미활동부터 도전해보는 것이 좋겠네요.** 학원이든, 문화센터 클래스든, 취미 동호회든 당신이 흥미를 느낄 수 있는 시간들로 일상을 채워보는 거예요.

아, 남자친구는 데려가지 말고요.

"괜찮아, 결국 이 모든 것에는 끝이 있어."

우리는 어째서 이토록
사랑에 관한 거의 모든 고민에 답하다

1판 1쇄 발행 2016년 3월 30일
1판 7쇄 발행 2021년 3월 24일

지은이 곽정은

편집 이희숙 박선주 **모니터링** 이희연
디자인 이현정
마케팅 백윤진 채진아 유희수
홍보 김희숙 김상만 함유지 김현지 이소정 이미희 박지원
제작 강신은 김동욱 임현식

펴낸이 이병률
펴낸곳 달 출판사
출판등록 2009년 5월 26일 제406-2009-000034호
주소 10881 경기도 파주시 회동길 455-3
✉ dal@munhak.com
🐦 f ⓘ dalpublishers
전화번호 031-8071-8681(편집) 031-8071-8670(마케팅)
팩스 031-8071-8672

ISBN 979-11-5816-025-8 03810